LEKTÜ

Die verlorene Ehre der Katharina Blum

Von Bernd Völkl

Philipp Reclam jun. Stuttgart

RECLAMS UNIVERSAL-BIBLIOTHEK Nr. 15364

Gesamtherstellung: Reclam, Ditzingen
Printed in Germany 2005
RECLAM, UNIVERSAL-BIBLIOTHEK und
RECLAMS UNIVERSAL-BIBLIOTHEK sind eingetragene
Marken der Philipp Reclam jun. GmbH & Co., Stuttgart
ISBN-13: 978-3-15-015364-2
ISBN-10: 3-15-015364-6

www.reclam.de

Inhalt

1. Erstinformation zum Werk

In den Werken Heinrich Bölls spiegeln sich stets die Zeitgeschichte und die jeweilige gesellschaftliche Stimmungslage. Gegenstand der ersten Werke sind das Dritte Reich, der Zweite Weltkrieg und die Leiden der unmittelbaren Nachkriegsjahre. Dann setzte sich der Autor zunehmend kritisch mit der Adenauer-Ära (1949–63) auseinander. Dabei nahm er vor allem an denjenigen Anstoß, die rücksichtslos nur auf ihren eigenen wirtschaftlichen Vorteil bedacht sind. Zeit seines Lebens war Böll kritisch gegenüber »Selbstgerechten, Konjunkturrittern und Spießern«. Er war gläubig, aber ablehnend gegenüber der katholischen Kirche. Im Mittelpunkt seiner Werke stehen Außenseiter, die sich nicht an die bürgerlichen Normen anpassen und die die deutsche Vergangenheit nicht verdrängen. Es sind oft Menschen, die in Not und Angst leben und unter dem gesellschaftlichen Druck leiden.

Bölls Werke sind häufig als Aufruf zu phrasenloser Nächstenliebe zu verstehen. Er sah den Schriftsteller als Mahner, der auch politisch Stellung zu beziehen hat. Verwandt mit ihm erscheint der Clown als Hüter des Menschlichen und der Freiheit im Kampf gegen die Normierung.

Seit den 60er-Jahren meldete sich Böll auch immer stärker politisch zu Wort. Er stand der Bundeswehr und der Wiederaufrüstung Deutschlands kritisch gegenüber. Die große Koalition, an deren Spitze mit Kurt Georg Kiesinger ein ehemaliges NSDAP-Mitglied stand, verurteilte er. Er wandte sich gegen die Notstandsgesetze und sympathisierte mit der »Außerparlamentarischen Opposition«, für die er auch als Kundgebungsredner auftrat. Als der Springer-Konzern in dieser Zeit gegen die Studentenbewegung agitierte, schloss sich Böll einem Boykott von mehr als 100 Autoren der »Gruppe 47« gegen die Springer-Presse an. Wo sich ihm Gelegenheit bot, warb er um Verständnis für die Anliegen der Studentenbewegung.

Vor der Bundestagswahl 1969 sprach sich der Autor für die SPD aus. Nach dem Regierungswechsel trat Böll für die Ostpolitik Willy Brandts ein, kritisierte aber den Radikalenerlass. In den 70er-Jahren geriet Böll in den Verdacht, mit der linken Terrorszene zu sympathisieren. Auslöser dafür war sein Artikel *Will Ulrike Meinhof Gnade oder freies Geleit?* im *Spiegel*, in dem er für einen fairen, rechtsstaatlichen Umgang mit den Anarchisten der Baader-Meinhof-Gruppe eintrat. Daraufhin wurde Böll Opfer mehrerer polizeilicher Durchsuchungsaktionen. Für Böll war es offensichtlich, dass die Polizei mit der Springer-Presse zusammenarbeitete; denn die *Berliner Zeitung* meldete am 7. Februar 1974 eine Durchsuchungsaktion bei Heinrich Bölls Sohn, die aber erst am Nachmittag des gleichen Tages stattfand.

In der Erzählung *Die verlorene Ehre der Katharina Blum* verarbeitete Heinrich Böll die gesellschaftlich-politische Situation und seine persönlichen Erfahrungen. Wie aktuell die Thematik war, beweist die Tatsache, dass der *Spiegel* mit diesem Buch erstmals eine Erzählung im Vorabdruck veröffentlichte. Das Buch erschien dann mit einer Startauflage von 100 000 Exemplaren. Böll selbst sprach von einem politischen Pamphlet und begrüßte die politische Wirkung seines Buches. Insgesamt wurden mehr als zwei Millionen Exemplare verkauft, das Buch wurde in 30 Sprachen übersetzt.

Auch nachdem sich die politische Stimmung abgekühlt hatte, blieb Böll politisch engagiert. Er nahm an Demonstrationen der Friedensbewegung teil und unterstützte einen Appell europäischer Schriftsteller gegen die Neutronenbombe und die Nachrüstung. Obwohl er für viele damals zu einer moralischen Instanz geworden war, erklärte er: »Ich habe überhaupt keine Begabung zum Gewissen der Nation.«

2. Inhalt

Vorgeschichte

Katharina Blum wird 1947 als Tochter eines Bergmanns geboren, der aus dem Krieg körperlich ruiniert zurückkehrt und stirbt, als sie erst sechs Jahre alt ist. Sie wächst in ärmlichen Verhältnissen auf, die labile Mutter neigt zum Alkoholismus. Schon als Schülerin muss Katharina in fremden Haushalten mithelfen. Nach dem Schulabschluss erhält sie mit Hilfe ihrer Patentante Else Woltersheim eine Stelle als Hausgehilfin in einer Metzgerei. Danach besucht sie eine Hauswirtschaftsschule. Sie arbeitet nach der Ausbildung, die sie mit »sehr gut« abschließt, zuerst als Wirtschafterin in einem Firmenkindergarten und dann bei einem Arzt, kündigt aber wegen der Zudringlichkeiten ihres Arbeitgebers. Sie lebt nun von Aushilfsarbeiten und lernt den Textilarbeiter Wilhelm Brettloh kennen, den sie bald darauf heiratet. Nach einem halben Jahr verlässt sie ihn wegen unüberwindlicher Abneigung und wird schuldig geschieden. In ihrer Zeit als Angestellte eines Wirtschaftsprüfers kann sie sich zur staatlich geprüften Wirtschafterin fortbilden. Als ihr Chef wegen Steuerhinterziehung ins Gefängnis gesperrt wird, findet Katharina sehr schnell eine neue Stelle bei dem Rechtsanwalt Blorna und seiner Frau. Die Blornas, die sehr zufrieden damit sind, wie Katharina ihren Haushalt führt, helfen ihr bei der Finanzierung ihrer Eigentumswohnung. Um ihre Schulden möglichst schnell abzubezahlen, nimmt Katharina noch

Ausbildung zur Hauswirtschafterin

Hausangestellte beim Ehepaar Blorna

zahlreiche Nebentätigkeiten an. Zu diesem Zweck schafft sie sich auch ein gebrauchtes Auto an. Das eigene Auto hat außerdem den Vorteil, dass sie nach einer Abendgesellschaft nicht mehr darauf angewiesen ist, von einem der anwesenden Herren nach Hause gebracht zu werden.

Mittwoch, 20. Februar 1974

Vor seinem Urlaub zahlt Herr Blorna Katharina zwei Wochenlöhne aus und ermahnt sie dabei eindringlich, endlich einmal Urlaub zu machen.

Am Nachmittag hilft Katharina für zwei Stunden beim Ehepaar Hiepertz aus und bringt die beiden dann noch in ihrem Wagen zum Bahnhof, bevor sie in ihre eigene Wohnung zurückkehrt.

Hausball bei Else Woltersheim

Kurz vor sieben Uhr verlässt Katharina ihre Wohnung. Sie fährt mit der Straßenbahn zu ihrer Vertrauten Else Woltersheim, von der sie zu einem Hausball eingeladen wurde.

Katharina verliebt sich in Ludwig Götten

Weil sie ihre Freunde nicht mitbringen können, gabeln zwei entfernte Kusinen von Katharina Blum in einem Café zwei Männer als Begleiter auf. Der eine ist Ludwig Götten, der andere ein als Scheich verkleideter Polizist, der Else Woltersheim durch sein seltsames Verhalten wiederholt befremdet. Auf der Party verliebt sich Katharina sofort in Ludwig Götten, mit dem sie während der ganzen Zeit innig tanzt. Götten wurde zu diesem Zeitpunkt schon seit 36 Stunden von der Polizei mit großem Personalaufwand auf Schritt und Tritt überwacht.

Von dem Zeitpunkt an, als Katharina mit Ludwig Götten

die Wohnung von Frau Woltersheim verlässt, werden die Telefone von Else Woltersheim und Katharina Blum abgehört.

Donnerstag, 21. Februar 1974

Polizei stürmt Katharinas Wohnung

Als bis 10.30 Uhr von Katharinas Wohnung aus nicht telefoniert wird und auch Götten nicht herauskommt, lässt Kommissar Beizmenne die Wohnung von acht Schwerbewaffneten stürmen. Sie treffen nur eine glücklich wirkende Katharina an und erfahren, dass Götten die Wohnung schon verlassen hat, bevor Katharina aufgewacht ist. Katharina Blum, die den »Plan der gesamten Heizungs-, Lüftungs-, Kanalisations- und Leitungsanlagen« (85) genau kennt, hat ihm zur Flucht verholfen.

Katharina muss sich unter Bewachung anziehen und soll das Nötigste einpacken, weil ihre Verhaftung nicht ausgeschlossen erscheint. Ihr wird eröffnet, dass es sich bei Ludwig Götten um einen gesuchten Schwerverbrecher handelt.

Umgeben von mehreren Polizeibeamten wird Katharina Blum zum Verhör geführt und dabei von einem Pressefotografen mehrmals fotografiert.

Katharina wird von der Polizei verhört

In der Vernehmungspause lehnt es Katharina Blum ab, sich von der Polizei verpflegen zu lassen. Sie besteht sogar darauf, in eine Gefängniszelle gebracht zu werden, während die Polizeibeamten ihre Mahlzeit einnehmen. Die Vernehmung zieht sich auch deswegen bis in den Abend, weil sie jeden Satz des Protokolls genau kontrolliert und darauf beharrt, dass von ihr beanstandete Formulierungen geändert werden.

Am Abend wird Katharina noch mit dem Ergebnis der Befragungen der Hausbewohner konfrontiert. Demnach habe sie regelmäßig Herrenbesuch empfangen, der offensichtlich aus besseren Kreisen stammte. Katharina räumt zwar die Besuche ein, ist aber nicht bereit, über die Identität Auskunft zu geben. Als ihr von Kommissar Beizmenne unterstellt wird, dass sie sich für Liebesdienste bezahlen ließ, besteht sie darauf, dass die Vernehmung beendet wird.

Herrenbesuch bei Katharina

Der Kriminalbeamte Moeding wird beauftragt, Katharina nach Hause zu bringen. Weil er an ihre Unschuld glaubt und sie auch sympathisch findet, empfiehlt er ihr, nicht zu telefonieren und sich am nächsten Tag keine Zeitung anzusehen. Später schlägt er Kommissar Beizmenne vergeblich vor, Katharina in Haft zu nehmen, denn er befürchtet, sie könne sich in ihrer Verzweiflung etwas antun.

Am Nachmittag dieses Tages wird Blorna im Urlaub von einem Reporter der ZEITUNG angesprochen, der sich bei ihm nach Eigenschaften Katharina Blums erkundigt. Blorna hat danach ein schlechtes Gefühl und versucht mehrmals vergeblich, Katharina telefonisch zu erreichen.

Reporter der ZEITUNG bei Blorna

Freitag, 22. Februar 1974

Schwere Vorwürfe in der ZEITUNG

In der ZEITUNG wird Katharina Blum vorgeworfen, dass sie ihrem Geliebten, dem seit langem gesuchten Verbrecher und Mörder Ludwig Götten, zur Flucht vor der Polizei verholfen habe. Dass sie sich in ihren jungen Jahren schon eine Eigentumswohnung leisten könne und jegliche Auskunft über ihre regelmäßigen Herrenbesuche verweigerte, wird so gedeutet, dass ihre Wohnung ein Konspirationszentrum gewesen sei und sie Geld aus den Banküberfällen bekommen habe.

Dieser Artikel stürzt alle Beteiligten in große Aufregung. Nachdem er mehrmals telefonisch zur Rückkehr aufgefordert worden ist, bricht Blorna seinen Urlaub ab. Wegen des schlechten Wetters verzögert sich die Rückkehr des Ehepaars Blorna aber stark.

Katharina, die in der Nacht von Ludwig Götten angerufen worden ist, fährt morgens gegen fünf Uhr, nachdem sie noch einen obszönen Anruf erhalten hat, mit dem Auto zu Else Woltersheim. Von dort wird sie von der Polizei, die sie überwacht hat, zum Verhör abgeholt. Seit dem Anruf Göttens kennt die Polizei seinen Aufenthaltsort. Götten wird mit großem Aufwand überwacht, aber zunächst nicht festgenommen.

Nächtliche Autofahrten aus Einsamkeit

Die Überprüfung aller Unterlagen hat keinerlei Verdachtsmomente gegen Katharina Blum ergeben, nur für die hohen Benzinrechnungen gibt es keine Erklärung. Katharina begründet dies damit, dass sie bei Regen, wenn sie nichts anderes zu tun gehabt habe, einfach irgendwohin gefahren sei, um ihrer Einsamkeit zu entgehen.

Außerdem wurde in Katharinas Wohnung noch ein sehr wertvoller Ring gefunden, über dessen Herkunft sie keine Auskunft geben möchte.

Tötges bei Katharinas schwer kranker Mutter

Am Freitagmorgen dringt der Reporter Tötges, als Handwerker verkleidet, zu Katharinas Mutter vor, die nach einer schweren Krebsoperation unbedingt Ruhe braucht, und setzt sich damit über ein Verbot des behandelnden Arztes hinweg. Er befragt sie über Katharina und Götten und bewirkt damit ungewollt ihren Tod.

Nach ihrer Vernehmung wartet Katharina, bis Else Woltersheims Verhör abgeschlossen ist, um mit ihr nach Hause zu gehen, denn ihre eigene Wohnung sei ihr verleidet. In der Zelle liest sie immer wieder die ZEITUNG. Dass eine Polizeiassistentin ihr die Berichte anderer Zeitungen zu lesen gibt, die knapp und sachlich über den Fall berichten, kann sie nicht trösten, denn alle Leute, die sie kenne, läsen nun einmal die ZEITUNG.

Beizmenne lässt Katharina gehen und begründet dies damit, dass er davon überzeugt ist, dass sie Göttens Aufenthaltsort kennt und die Polizei über sie die verlorene Spur wieder aufnehmen kann.

Katharina verschmutzt bewusst ihre Wohnung

Katharina lässt sich von Else Woltersheim und deren Bekannten Konrad Beiters in ihre Wohnung begleiten. Ihr Briefkasten quillt über und enthält sexuelle Angebote, politische Beschimpfungen sowie religiöse Ermahnungen. Nachdem sie alles gelesen hat, wirft sie in allen Zimmern ihrer Wohnung Flaschen an die Wände.

Den Abend und die Nacht verbringt Katharina bei Else Woltersheim und Konrad Beiters.

Samstag, 23. Februar 1974

In der Morgendämmerung holt sich Katharina aus einem Verkaufskasten ein Exemplar der ZEITUNG, ohne es zu bezahlen.

Neue Vorwürfe gegen Katharina in der ZEITUNG

In der ZEITUNG ist ein neuer Artikel über Katharina Blum erschienen, in dem vorgegeben wird, Hintergründe zur Person der »Mörderbraut« aufzudecken. Dazu sind am Tag zuvor ihr früherer Ehemann, ihre Mutter und verschiedene Bekannte Katharinas befragt worden. Deren Aussagen hat die Redaktion aber alle verfälscht, um von Katharina ein schlechtes Charakterbild entwerfen und sie als Komplizin Göttens darstellen zu können.

Als die Blornas am Morgen endlich am Bahnhof ankommen, kaufen sie sich ein Exemplar der ZEITUNG und werden schon vom Taxifahrer darauf aufmerksam gemacht, dass sie ebenfalls in der ZEITUNG erwähnt werden.

Von seiner Wohnung aus ruft Blorna Staatsanwalt Hach an, mit dem er seit Jahrzehnten befreundet ist. Der reagiert eher unfreundlich und will am Telefon keine weiteren Auskünfte geben, ist aber zu einem abendlichen Treffen bereit.

Sträubleder, Katharinas Herrenbesuch und ein Mandant Blornas, sucht diesen auf. Trotz seiner guten Verbindungen zur ZEITUNG beschäftigt ihn noch das Problem, dass Götten sich in seinem Zweithaus aufhalten könnte. Den Schlüssel hat er Katharina vor einiger Zeit gegeben. Blorna ist aber nicht bereit, den Wunsch Sträubleders zu erfüllen und dort nach dem Rechten zu sehen, denn er befürchtet, von der ZEITUNG überwacht zu werden. Während die beiden noch diskutieren, kommt Blornas Frau herein und erzählt, sie habe im Radio gehört, dass Götten nach einem Schusswechsel von der Polizei in einer Luxusvilla festgenommen worden ist. Dies formuliert sie allerdings so spitz, dass es fast zu Handgreiflichkeiten mit Sträubleder kommt.

Festnahme Göttens

Mittags treffen sich Katharina, das Ehepaar Blorna sowie Else Woltersheim und Konrad Beiters im Wohnzimmer eines befreundeten Gastwirts. In der Leichenkammer des Krankenhauses nimmt Katharina Abschied von ihrer Mutter, weigert sich aber, dort ein kurzes Gebet zu sprechen. Nach dem Verlassen der Leichenkammer weint Katharina hemmungslos, erscheint dann aber wieder sehr gefasst.

Nach einem entspannten Abend bei den Blornas übernachtet Katharina wieder bei Else Woltersheim.

Sonntag, 24. Februar 1974

Als Else Woltersheim und Konrad Beiters aufstehen, sitzt Katharina schon am Frühstückstisch und liest die SONNTAGSZEITUNG. Darin wird ihr vorgeworfen, dass sie schuld am Tod ihrer Mutter sei. Außerdem habe sie im Auftrag einer Linksgruppe einem angesehenen Industriellen unaufgefordert »Damenbesuch« abgestattet, um dessen Karriere zu zerstören und um auszukundschaften, ob seine Villa als Versteck geeignet sei. Bei den Blornas, die sich diesen Artikel erst mittags von Else Woltersheim vorlesen lassen, löst dieser Artikel starke Aggressionen aus.

SONNTAGS-ZEITUNG setzt ihre Kampagne gegen Katharina fort

Nach der Lektüre der SONNTAGSZEITUNG geht Katharina in die Wohnung von Konrad Beiters. Am Tag zuvor hat sie sich den Schlüssel unter dem Vorwand geben lassen, dass sie allein sein wolle, aber nicht in ihre Wohnung zurückkönne. Katharina kann mit Waffen umgehen und holt sich aus der Wohnung eine alte Dienstwaffe, die Konrad Beiters noch aus Nazizeiten besitzt.

Katharina besorgt sich eine Waffe

Danach geht sie ins Journalistenlokal »Zur Goldente«, um Erkundigungen über Tötges einzuholen und ihn sich vor dem Interview einmal anzusehen. Um nicht von den Gästen belästigt zu werden, hilft sie während des Wartens beim Ausschank mit. Da Tötges nicht im Lokal auftaucht, geht sie in ihre Wohnung, um ihn dort zum vereinbarten Interview zu erwarten. Als Tötges erscheint, will er gleich mit ihr »bumsen«. Daraufhin nimmt Katharina die zuvor entsicherte Waffe aus ihrer Handtasche und erschießt ihn. Nach dem Mord hilft Katharina zuerst noch in der Kneipe und läuft dann ziellos in der Stadt umher. Dabei gelingt es ihr nicht, Reue für ihre Tat zu empfinden.

Vergebliches Warten in der »Goldente«

Katharina erschießt Tötges und stellt sich der Polizei

Kurz nach sieben Uhr klingelt Katharina Blum an der Wohnungstür von Kriminaloberkommissar Walter Moeding, um sich wegen des Mordes an Tötges verhaften zu lassen. Moeding fährt sie in seinem Privatwagen zum Polizeipräsidium und lässt Katharina in eine Zelle bringen. Vom Präsidium aus verständigt er seinen Vorgesetzten Beizmenne und trifft sich mit ihm kurz darauf vor der Wohnung der Blum. Ein Kommando der Polizei öffnet die Wohnungstür und findet alle Angaben Katharina Blums bestätigt.

Weitere Geschehnisse nach dem Mord

Katharina Blum wird von der ZEITUNG zu Unrecht verdächtigt, noch einen weiteren ihrer Journalisten umgebracht zu haben. Schönner, der andere tote Journalist der ZEITUNG, fiel aber vermutlich einem Eifersuchtsdrama zum Opfer.

Der Tod zweier ihrer Journalisten wird in der ZEITUNG sehr ausführlich behandelt und auch durch überdimensionierte Todesanzeigen gewürdigt. Tötges wird als Opfer seines Berufes mit besonders großem Pomp beerdigt.

Verherrlichung Tötges' in der ZEITUNG

Blorna recherchiert in Katharinas Heimatdorf und erfährt vom Pfarrer, dass er Katharinas Vater für einen Kommunisten hält, er kann dies aber nicht begründen. Katharinas Familie scheint im Dorf nicht sehr beliebt gewesen zu sein.

Die Wohnung der Katharina Blum wird auf Veranlassung von Dr. Blorna von den Folgen des Mordes gereinigt. Was mit der noch nicht abbezahlten Wohnung weiter geschehen wird, ist ungewiss. Sie lässt sich jedenfalls weder vermieten noch verkaufen, weil sie als blutbefleckt gilt. Dies stürzt Blorna, der für alle Kosten aufkommen muss, in zusätzliche finanzielle Schwierigkeiten, denn von seinen bisherigen Auftraggebern werden ihm nur noch unbedeutende, wenig lukrative Fälle übertragen. Weil er die Verteidigung Katharinas und Göttens übernommen hat und beharrlich versucht, eine gegenseitige Besuchserlaubnis zu erwirken, wird er von Tötges' Nachfolger in der ZEITUNG weiterhin verunglimpft. Blornas beruflicher Abstieg wird auch daran sichtbar, dass er sein Äußeres vernachlässigt und weniger

Beruflicher Abstieg Blornas

auf Körperhygiene achtet. Als sich Blorna und Sträubleder zum ersten Mal wieder treffen, kommt es zwischen ihnen zu Handgreiflichkeiten. Auch ihre Frauen geraten sich in die Haare.

Else Woltersheim entwickelt eine zunehmende Abneigung gegenüber der gesellschaftlichen Oberschicht, die es sich auf Kosten der Allgemeinheit gut gehen lässt.

Katharina entwickelt Pläne für eine gemeinsame Zukunft mit Götten

Katharina erweist sich bei der Arbeit im Gefängnis als tüchtig und korrekt. Sie freut sich, unter den gleichen Bedingungen zu leben wie Götten, und hat schon Pläne für eine gemeinsame Zukunft nach dem Gefängnisaufenthalt. Ihren Mord an Tötges bereut sie nach wie vor nicht.

Gegen Götten wird der Vorwurf des Mords fallen gelassen. Er wird nur noch beschuldigt, desertiert zu sein sowie Waffen und Geld der Bundeswehr gestohlen zu haben. Dafür erwarten ihn acht bis zehn Jahre Gefängnis, also ein ähnliches Strafmaß wie Katharina.

3. Personen

Namensgebung

Alle Personen, die auf der Seite Katharinas stehen oder ihr wohlgesonnen sind, erhalten vom Autor wohlklingende Namen. Der Name Katharina bedeutet »die Reine« und drückt damit die Sympathie des Autors für seine Titelfigur aus.

Wohlklingende Namen

Blum, das an Blume erinnert, verstärkt die positive Namensgebung. Ludwig Götten wird von Katharina wie ein Gott verehrt. Woltersheim ist ein typisch rheinischer Name, der zugleich durch den Anklang an Heimat Geborgenheit vermittelt.

Dagegen sind die Vertreter der Ermittlungsbehörden mit unangenehmen Namen versehen, die von Zischlauten und »ch« geprägt sind, z.B. Hach, Zündach, Pletzer. Bei »Beizmenne« denkt man an beißen und Männchen oder an eine ätzende, übelriechende Flüssigkeit. Dies entspricht seinem aggressiven Charakter. »Brettloh« hat die Steifheit und Unbeholfenheit eines Bretts. »Meffels« lässt »Muffel« assoziieren. Sträubleder, der erfolglose Liebhaber Katharinas, sträubt sich zäh wie Leder, in den Fall hineingezogen zu werden. Tötges, in dessen Name ein Anklang an »töten« steckt, verkehrt in der »Goldente«. Der Name dieses Lokals verbindet für ihn Typisches: Geldgier und Falschmeldungen.

Kehl- und Zischlaute

Personengestaltung

Außer Katharina sind alle Figuren ohne Tiefendimension angelegt. Sie erklären sich durch ihre Handlungen und ihre Aussagen.

Katharina Blum. Katharina, deren Vater Bergmann und deren Mutter Putzfrau war, heiratet mit 21 Jahren den Textilarbeiter Wilhelm Brettloh, von dem sie sich schon nach einem halben Jahr trennt, weil sie ihn als zudringlich und nicht als zärtlich empfindet. Seitdem steht sie allein und muss ihr Leben selbst in die Hand nehmen.

Anpassung an die gesellschaftlichen Werte

Katharina hat sich vollkommen unkritisch an das bestehende Gesellschaftssystem angepasst. Sie steht in der sozialen Rangleiter eher unten und arbeitet zielstrebig daran, ihre Existenz zu sichern und einen bescheidenen Wohlstand aufzubauen. Alle ihre Arbeitgeber sind sehr zufrieden mit ihr, weil sie planvoll, verlässlich und fleißig arbeitet und dabei eine sehr freundliche Art an den Tag legt.

Zurückhaltung gegenüber Männern

Nach ihrer missglückten Ehe ist sie gegenüber Männern sehr zurückhaltend. Sie mag es nicht, wenn Männer, noch dazu wenn sie angetrunken sind, zudringlich werden. Körperliche Nähe ist für sie nur bei gegenseitiger Zuneigung vorstellbar. Dies ist der Fall bei Ludwig Götten, mit dem sie ein zärtliches Verhältnis verbindet. Er ist für sie der Mann ihres Lebens, mit dem sie gerne auch Kinder haben würde.

Dabei ist ihr nicht bewusst, wie sie durch ihre »merkwürdige, herzliche Kühle« (87) auf Männer wie den »Herrenbesuch« Sträubleder wirkt. Obwohl ihn Katharina immer wieder abweist, versucht er sie zu gewinnen, schenkt ihr sogar einen wertvollen Ring und überlässt ihr den Schlüssel zu seiner Zweitwohnung. Doch Katharina bleibt bei ihrem Nein, weil der anerkannte Charmeur auf sie nicht den geringsten Reiz ausübt. Trude Blorna analysiert Sträubleders Verhalten im Gespräch mit ihrem Mann: »Das, was er brauchte, wonach sein Herz begehrte, so ein einmalig nettes Ding wie Katharina, nicht leichtfertig und doch – wie nennt ihr das doch – liebesfähig, ernst und doch jung und so hübsch, daß sie's selber nicht wußte« (87). Blorna gibt gegenüber seiner Frau zu, dass Katharina auch ihn bezaubert habe, aber aus »Respekt, fast Ehrfurcht« vor ihrer »Unschuld« (87) und Verletzlichkeit wäre er nie auf die Idee gekommen, sich ihr zu nähern.

Trude Blorna attestiert ihr »zwei lebensgefährliche Eigenschaften«, nämlich »Treue und Stolz«. Ihr Mann glaubt, dass Katharinas Stolz zum ersten Mal mit Beizmennes Frage: »Hat er dich denn gefickt« (19) verletzt worden sei. Hier sieht er den »Beginn von Katharinas Verbitterung, Beschämung und Wut« (19).

> *Verletztes Selbstwertgefühl schlägt in Aggression um*

Wegen des unsensiblen Vorgehens von Polizei und Justizbehörden und wegen der Verleumdungen in der ZEITUNG, durch die sie ihren Ruf geschädigt sieht, gerät sie aus dem seelischen Gleichgewicht. Deutlich wird dies daran, dass Katharina ihre Wohnung, für die sie die ganze Zeit gearbeitet hat, nicht mehr betreten will und dann in einem Akt von wütendem Vandalismus die bisher makellos sauberen Wände mit verschiedenen Flüssigkeiten, Pflegemitteln und Saucen bewirft und damit verschmutzt. Katharina ist in ihrem Selbstwertgefühl zutiefst verletzt. Dies schlägt bei ihr in Aggression um, die schließlich dazu führt, dass sie in einer Art verzweifelter Notwehrhandlung den schuldigen Journalisten erschießt. Letzter Anstoß ist Tötges' sehr derb formulierte Aufforderung, mit ihm zu schlafen. Dass er sie duzt und als »Blümelein« (135) anspricht, wird dabei von ihr als weitere Herabwürdigung empfunden.

Skrupelloser Sensationsjournalist

Tötges. Mit ihm zeichnet Böll das Bild eines skrupellosen Sensationsjournalisten, dem jedes menschliche Einfühlungsvermögen fehlt, der andere nur als Objekt seiner beruflichen oder privaten Interessen ansieht und über sie verfügen will. Anders ist es nicht zu erklären, dass er Katharina gleich am Beginn ihrer ersten Begegnung zum sofortigen Geschlechtsverkehr auffordert. Er glaubt wohl inzwischen selber an das Bild der linken Hure, das er in der ZEITUNG aufgebaut hat. Er wird als noch skrupelloser als die ZEITUNG dargestellt, denn die Meldungen, die sogar der ZEITUNG zu weit gehen, bietet er irgendwelchen Illustrierten an, die sie dann unter einem anderen Namen veröffentlichen.

Personenkonstellation

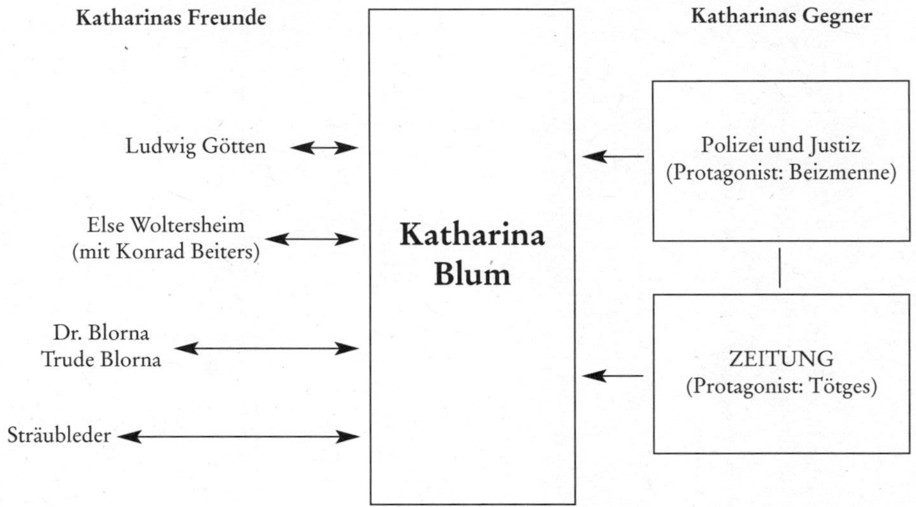

4. Werkaufbau

Heinrich Böll durchbricht die chronologische Abfolge des Geschehens auf vielfache Weise, sodass insgesamt eine komplizierte Struktur entsteht. Die folgende Schematisierung beschränkt sich deshalb auf die wesentlichen Handlungsstränge.

Vorgabe der Fakten	Analytische Absicht des Autors, dem es nicht auf Spannung ankommt
Mittwoch • Abreise der Blornas • Überwachung Göttens durch die Polizei • Party bei Frau Woltersheim • Götten übernachtet bei Katharina	
Donnerstag • Festnahme Katharinas und Verhöre • Reporter der ZEITUNG bei Blorna • Rückkehr Blums in ihre Wohnung und Anruf Göttens	**1. Rückblende:** Katharinas Lebenslauf und ihr beruflicher Werdegang

Freitag

- Erster Artikel der ZEITUNG und Reaktionen darauf
- Blornas Gespräche und Abreise
- ZEITUNG bei Katharinas Mutter
- Vernehmungen durch die Polizei
- Katharina in ihrer Wohnung

2. Rückblende:

Ehe Katharinas, ihre Autofahrten, ihre Bekanntschaft mit Götten

Samstag

- Zweiter Artikel der ZEITUNG
- Rolle Sträubleders
- Katharina bei ihrer toten Mutter
- Verhaftung Göttens
- Katharina vereinbart Interview mit Tötges
- Abend bei Woltersheim

3. Rückblende:

Überwachungspraktiken des Staates, Recherchenmethoden Tötges'

Sonntag

- Artikel der SONNTAGSZEITUNG
- Katharina erschießt Tötges mit einer gestohlenen Pistole
- Aufenthalt Katharinas in der Stadt
- Selbstanzeige und Verhaftung Katharinas

Ereignisse nach dem Mord

- Begräbnis Tötges'
- Beruflicher Abstieg Blornas
- Katharinas Verhalten im Gefängnis

5. Wort- und Sacherläuterungen

9,3 **Weiberfastnacht:** der Donnerstag vor dem Rosenmontag, an dem die „Marktweiber« die heiße Phase des Karnevals eröffnen.

10,7 f. **Grusical:** Wortneuschöpfung, nach Art eines Musicals gestalteter Gruselfilm.

10,15 **Spritzpistole:** mit Druckluft betriebenes Gerät zum Auftragen von Lacken oder Farben.

10,18 **Dränage:** Trockenlegung, Entwässerung.

12,3 **Brumme:** attraktive junge Frau.

12,4 **hoher Karnevalsfunktionär:** Anspielung auf Thomas Liessem, der von 1935 bis 1939 und von 1954 bis 1963 dem Festkomitee des Kölner Karnevals vorstand.

12,12 **Sakrilege:** Verstöße gegen geheiligte Traditionen.

14,9 **Amortisation:** hier: allmähliche Tilgung der Anschaffungskosten.

14,12 **Akt- und Passiva:** das in der Bilanz einander gegenübergestellte Soll und Haben.

14,20 f. **Asservatenkammer:** Aufbewahrungsraum für Beweismittel.

14,21 **Pistole (eine 08):** Pistole vom Kaliber 8 mm.

15,25 **bohemeartigen:** des unbürgerlichen, unkonventionellen Künstlermilieus.

15,26 **konfessionelle Tanzveranstaltungen:** von Kirchengemeinden in eigenen Räumen durchgeführte Tanzveranstaltungen.

16,24 **Honanseide:** ungleichmäßig gesponnene chinesische Seide.

17,20 **Zäpfchen:** Gemeint ist das Anzapfen, also das Abhören von Telefonen.

21,11 **saturnalienartigen:** wie das ausgelassene Fest, das am 17. Dezember zu Ehren des römischen Gottes Saturn gefeiert wurde.

22,14 **staublungenverdächtig:** in Verdacht, an einer typischen Bergarbeiterkrankheit zu leiden.

22,17 **Knappschaft:** Sozialversicherungsanstalt für Bergleute.

25,32 **Traiteur:** Betreiber einer Großküche.

31,15 **Schlacks:** hoch aufgeschossener, etwas ungeschickt wirkender Mensch.

35,20 **front-page-story:** Artikel auf der ersten Zeitungsseite.

41,9 f. **tritschen gegangen:** abgehauen.

42,9 f. **Altphilologe:** Lehrer für Latein und Altgriechisch.

42,26 **Altbauer:** Bauer, der noch auf dem Hof lebt, aber das Eigentumsrecht schon auf die Erben übertragen hat.

44,32 **Restaurateuren:** hier: Restaurantbetreiber.

49,17 **Laien:** Mitglieder einer religiösen Gemeinschaft, die kein geistliches Amt bekleiden.

51,16 **Gefreiter:** zweitniedrigster Mannschaftsdienstgrad bei der Armee.

51,21 **Sherry:** bernsteingelber südspanischer Dessertwein.

53,4 **prüde:** übertrieben schamhaft.

64,30 **Handwerkskammer:** Selbstverwaltungskörperschaft des Handwerks, die u. a. für die Berufsausbildung und die Abschlussprüfungen zuständig ist.

67,26 **Pionieren:** Soldaten der technischen Truppe, die z. B. zum Bau von Brücken, Sperren, Straßen usw. eingesetzt werden.

67,27 **Innenstreife:** Patrouillendienst im Kasernengelände.

72,28 **heuer:** (süddt., österr.) in diesem Jahr.

72,28 f. **aus naheliegenden Gründen Scheichs beliebter als**

Cowboys: Bezogen auf die Ölkrise nach dem Jom-Kippur-Krieg (1973), bei der die arabischen Mächte das Öl als politisches Druckmittel einsetzten.

78,1 **Traktate:** zur Verteilung bestimmte Schriften mit christlichen Inhalten.

81,15 f. **kein Schmetterlingsfänger:** kein harmloser, unbescholtener Bürger.

81,23 **Frauenburnus:** Kapuzenmantel einer Araberin.

83,29 **Ambulierenderweise:** beim Spaziergang.

86,28 **perdu:** (frz.) verloren, weg, auf und davon.

89,26 **handsignierten Chagall:** Bild des berühmten Malers und Graphikers Marc Chagall (1887–1985), das von diesem persönlich mit seinem Namenszug versehen wurde.

90,1 **Whiskyflacon:** Flasche aus hochwertigem, geschliffenem Glas.

91,17 f. **Strohmann:** vorgeschobene Person, die anstelle der wirklich handelnden Person, die anonym bleiben möchte, in Erscheinung tritt.

92,18 **Boulevardjournalismus:** mit Straßenverkaufszeitungen auf ein Massenpublikum abzielendes Pressewesen.

95,6 **Transistor:** Kurzform für Transistorradio, ein kleines tragbares Rundfunkgerät.

95,12 **Pergola:** Laube, pflanzenbewachsenes Holzgerüst.

97,11 **nicht synchronisierbar:** nicht in zeitlichen Einklang zu bringen.

97,33 **Befehlsnotstand:** Situation, in der man gezwungen ist, Befehle auszuführen, die moralisch nicht vertretbar sind.

98,33 **Königskinder:** Anspielung auf ein Lied aus der Sammlung *Des Knaben Wunderhorn* von Clemens Brentano.

99,5 f. **Palatschinken:** zusammengerollter, süß oder herzhaft gefüllter Pfannkuchen.

100,1 **Anarchistencode:** Geheimsprache von politisch motivierten Gewalttätern.

100,30 **telepathische:** fähig, die Gedanken anderer Menschen zu lesen.

101,18 **Fuldaer Bischofskonferenz:** regelmäßige Tagung der deutschen katholischen Bischöfe.

101,18 f. **Zentralkomitee deutscher Katholiken:** Zusammenschluss der Vertreter der katholischen Laienverbände.

106,28 **Marxistin:** Kommunistin, Anhängerin der Lehre des Philosophen Karl Marx.

112,1 **neuralgischen:** empfindlichen, kritischen, problematischen, heiklen.

114,9 **auszubaldowern:** auszukundschaften.

114,15 **loyalen:** aufrichtigen, treuen, anständigen.

115,4 **Annalen:** Jahrbücher, chronologische Aufzeichnungen geschichtlicher Ereignisse.

115,5 **TH:** Abkürzung für »Technische Hochschule«.

116,11 **auskontaktiert:** alle seine Kontakte überprüft.

118,19 **Molotow-Cocktail:** mit Benzin und Phosphor gefüllte Flasche, die als Brandbombe dient, benannt nach Stalins Außenminister Molotow.

118,32 **kleinbürgerlich:** typische, als spießig und kleinkariert empfundene Verhaltensweise der unteren Bürgerschicht.

118,32 **Anarchismus:** Lehre, die, auch gewaltsam, ein herrschaftsfreies Zusammenleben anstrebt, in den 70er-Jahren auch ein Begriff für terroristische Gewalttäter.

118,32 **besprach:** wendete ein quasi magisches Heilverfahren an, das auch auf die beruhigende Kraft von Worten setzt.

120,27 **Meßwein:** Wein, der für Eucharistie bzw. Abendmahl verwendet wird.

120,27 **Sakristei:** Nebenraum neben oder hinter dem Altar für die gottesdienstlichen Geräte und für das Umkleiden des Priesters.

122,11 **Treuhänderschaft:** Verwaltung fremden Vermögens.

122,25 **in erster Instanz:** der ersten Stufe eines gerichtlichen Verfahrens.

123,3 f. **Abwicklungen:** Abschließen von noch offenen Geschäften.

124,19 **Bonvivant (frz.):** Lebemann, jemand, der sein Leben zu genießen versteht.

124,31 **Desodorants:** auch Deodorants, kosmetisches Mittel gegen Körpergeruch.

125,20 **Fließen die roten Quellen:** Unterstellung, dass Blorna vom kommunistischen Regime der DDR finanziell unterstützt wird.

127,17 **Traiteurservice:** Service für Großküchen.

128,18 **Seeger:** umgangssprachlich abwertend für Männer.

128,19 **Zicke:** umgangssprachlich abwertend für Frauen.

128,30 **Petit-Fours:** mit bunter Zuckerglasur überzogenes Feingebäck.

129,8 f. **Mäzen:** Kunstfreund, der Künstler oder künstlerische Aktivitäten finanziell unterstützt.

130,32 **One minute piece of art:** (engl.) Ein-Minuten-Kunstwerk.

135,29 **Kledage:** Kleidung, Wäsche.

6. Interpretation

Verbrechen aus verletzter Ehre

Bedeutung des Titels

Der Titel der Erzählung betont den individuellen Fall. Es geht also um ein menschliches Einzelschicksal, dem zugleich repräsentative Bedeutung gegeben wird. Der betroffene Mensch wird in seiner Persönlichkeit zutiefst verletzt, ist aber zu macht- und einflusslos, um sich gegen die brutale Willkür wehren zu können, der er ausgesetzt ist. Im Untertitel »Wie Gewalt entstehen und wohin sie führen kann« spricht Böll dann seine eigentliche Absicht direkt aus. Er will erklären und darstellen, wie dieses Gefühl der Entwürdigung und Machtlosigkeit gegen den Rufmord einen bisher unbescholtenen Bürger zu verbrecherischen Taten fähig machen kann.

Parallelen zu Schiller

Der Titel der Erzählung klingt an Friedrich Schillers Erzählung *Der Verbrecher aus verlorener Ehre* an. Dies ist vom Autor so gewollt, denn es lassen sich auch inhaltliche Parallelen feststellen. Schillers Hauptfigur übt als Hausknecht einen ähnlichen Beruf wie Katharina aus. Die beiden Hauptfiguren sind von dem Wunsch beseelt, die verlorene Ehre wiederzugewinnen. In beiden Erzählungen wird auch die Erkenntnis vermittelt, dass der Verbrecher ein Mensch wie wir ist, dass also jeder Mensch unter den entsprechenden Umständen ebenfalls zu einem Verbrecher werden könnte. Bei Böll wird gegenüber Schiller der Akzent vom äußeren auf das innere Geschehen verschoben. Außerdem kommen bei ihm Gerichtsverhandlung und Urteilsspruch nicht vor.

Auseinandersetzung mit der Boulevardpresse

Mit seinem Buch kritisiert Böll die Arbeitsweisen der Boulevardpresse, die täglich publizistische Gewalt ausübt. Das Motto der Erzählung greift einen typischen Fernsehvorspann auf, mit dem die Fiktionalität der Handlung betont werden soll, und verfremdet ihn in ironischer Absicht: »Personen und Handlung dieser Erzählung sind frei erfunden. Sollten sich bei der Schilderung gewisser journalistischer Praktiken Ähnlichkeiten mit den Praktiken der ›Bild‹-Zeitung ergeben haben, so sind diese Ähnlichkeiten weder beabsichtigt noch zufällig, sondern unvermeidlich.« Böll wandelt die bekannte Formulierung so ab, dass bei ihm eine unvermeidliche Verbindung von Fiktion und Wirklichkeit herausgestellt wird. Auch die Aufmachung der ZEITUNG ist in Lay-out, Text und Stil ganz BILD nachempfunden. So beginnt die Reportage mit einem riesigen Foto und einer übergroßen Schlagzeile. Der angefangene Artikel wird auf der Schlussseite fortgesetzt. Als Vertriebsweg werden Zeitungskästen genutzt. Was die ZEITUNG berichtet, wird immer zu Sensationen aufgebauscht. Typisch für sie ist auch die Schwarz-Weiß-Malerei und ihr Hang zu Personalisierungen. Was sie an Geschehen berichtet, wird stets personengebunden dargestellt und kommentiert.

Kritik an der publizistischen Gewalt der Boulevardpresse

Noch 1984 schreibt Böll im Nachwort »Zehn Jahre später«: »Über die Gewalt von SCHLAGZEILEN ist noch zu wenig bekannt, und wohin die Gewalt von Schlagzeilen führen kann, darüber wissen wir nur wenig.« Genau dieser Funktion von Schlagzeilen und der Art, wie die Boulevardzeitungen Menschen behandeln, will Böll nachspüren. Das

Handeln der Boulevardpresse erklärt sich aus wirtschaftlichen Gründen: Hinter ihr stehen mächtige Verlage. Doch sie will auch politische Ziele erreichen. Dabei nimmt sie auf das Schicksal Einzelner, die Opfer dieser Machenschaften werden, keinerlei Rücksicht. Eine Pressefreiheit, die den Persönlichkeitsschutz so wenig garantiert, erscheint Böll fragwürdig.

Auffällig dabei ist, dass die ZEITUNG mit ihrer antikommunistischen Grundtendenz die bestehenden bundesdeutschen Machtverhältnisse und Machtpositionen der Besitzenden nicht in Frage stellt. So wird Sträubleder geschont und seine Beziehung zu Katharina Blum in ihr Gegenteil verkehrt. Andererseits wird das bescheidene Glück beschworen, das man sich durch stetigen Fleiß erwerben kann. Einem Dienstmädchen wie Katharina wird ihr wirtschaftlicher Erfolg von ihrem früheren Ehemann allerdings nicht zugetraut, sodass der Schluss nahe liegt, sie habe ihren Besitz auf unrechtmäßige Weise erworben. Bei den Reichen wird nicht nach der Herkunft ihres Vermögens gefragt, die Gewerkschaft hingegen, die die Besitzverhältnisse zugunsten der Arbeitnehmer verändern möchte, wird in ein schiefes Licht gerückt. So wird Brettloh, Katharinas früherer Ehemann, als »redlicher Ehemann« dargestellt, »der der Gewerkschaft mißtraut« (41). Dagegen gilt Frau Woltersheim als verdächtig, weil ihre Mutter bewusst in die DDR übergesiedelt ist und ihr Vater, in der Weimarer Zeit KPD-Mitglied, in die Sowjetunion emigrierte. Die ZEITUNG greift dominierende gesellschaftliche Stimmungen und Vorurteile auf, die dann tendenziös verstärkt werden: insbesondere Ressentiments gegen Linke und Intellektuelle, welche als Leute hingestellt werden, die wie

Verstärkung von Vorurteilen gegen die politische Linke

Blorna in unverdientem Luxus leben, eine »Luxusvilla« mit »Swimming-pool« (43) und einen »Superschlitten« (122) ihr Eigen nennen. Damit gelingt es der ZEITUNG, die die konservativen Besitzeliten schont, sich als Anwalt der kleinen Leute auszugeben, der die Machenschaften der Großen und Mächtigen schonungslos aufdeckt.

Sprachlich werden die inhaltlichen Falschaussagen von der ZEITUNG so präsentiert, dass sie angeblichen Zeugen in den Mund gelegt oder in rhetorische Fragen gekleidet werden. Im Grunde sind es aber nicht mehr als kaschierte Behauptungen. Wenn die Vermutungen doch einmal in Form von Behauptungen dargeboten werden, sind sie oft durch Modalverben eingeschränkt. Echte Wertungen finden sich nur in den Adjektiven. Durch diese Mischung aus Subjektivität und scheinbar objektiven Formulierungen bekommen die wertenden Behauptungen der ZEITUNG eine vermeintlich objektive Gültigkeit. Dazu werden noch häufig Formulierungen mit dem Kollektivsubjekt »man« verwendet. Dass die verwendeten Zitate aus dem Bekanntenkreis Katharinas verdreht und verfälscht wurden, um Katharina negativ darzustellen, kann die Leserschaft der ZEITUNG nicht wissen. Außerdem ergänzt Tötges diese bewusst umgeformten Zitate noch durch übertreibende und verleumderische Zusätze, die den Zeugen angedichtet werden. Fakten, die Katharina entlasten könnten, werden allesamt verschwiegen.

Verfälschungen und scheinbare Objektivität

Schon in seinem *Spiegel*-Artikel »Will Ulrike Meinhof Gnade oder freies Geleit?«[1] hatte Böll kritisiert, dass die BILD-Zeitung mit vorverurteilenden Überschriften Stimmung machte, obwohl sie im eigentlichen Artikel einräumte, die Verantwortung der Baader-Meinhof-Gruppe für den dort behaupteten Banküberfall sei noch gar nicht nachgewiesen. Nach Bölls Ansicht dürfte kein Politiker dieser Zeitung noch ein Interview geben, weil ihre demagogischen Artikel »nackter Faschismus, Verhetzung, Lüge, Dreck« seien.

Mit ihren Inhalten und ihrer Sprache übte die BILD-Zeitung in den Augen Bölls Gewalt aus. So schreibt er im Vorwort zu einem Essay *Die Würde des Menschen ist unantastbar*: »Es ist doch nachgerade unfaßbar, wenn man hierzulande unter Gewalt nur noch die Gewalt von Bomben und Maschinenpistolen versteht. Übt eine Bild-Schlagzeile keine Gewalt aus? Welche? Was wird da angerichtet in den Köpfen, im Bewußtsein, am Aggressionspotential dieser elf Millionen Süchtigen, die der politisch gefährlichsten aller Süchte, der Bild-Sucht, unterworfen sind.«

Perspektive der Opfer

Für Böll war es eine Notwendigkeit, BILD mit publizistischen und literarischen Mitteln zu bekämpfen. Diesem Zweck diente auch *Katharina Blum*. Dabei ist es typisch für Böll, dass ihn vor allem die Perspektive der Opfer interessiert. In einem Gespräch mit seinem Biographen Christian Linder sagte er: »Irgend jemand steht in so einem Boulevardblättchen, wird plötzlich für ein, zwei Tage zur Sensation, und keiner weiß, was mit dem Leben dieser Menschen danach passiert. Diese Geschichte habe ich regelrecht studiert, Material gesammelt, und daraus schließlich die Geschichte einer völlig unbekannten und belanglosen Zeitgenossin gemacht, die plötzlich einer solchen Verleumdung ausgesetzt wird.« Böll machte bewusst eine unbedeutende Person zur Hauptfigur, weil die gegenüber einer Boulevardzeitung vollkommen hilflos sei. Katharina ist das Opfer einer rufschädigenden Zeitungskampagne. Sie muss die

Wirkung dieser Artikel auf die Leserschaft durchleiden. Die Hausbewohner, Anrufer, Briefschreiber etc. nehmen die gebotenen Informationen ernst und reagieren, indem sie Katharina ihrerseits verunglimpfen.

Biographischer Hintergrund

Auch Bölls Familie selbst hat entsprechende Erfahrungen gesammelt. Nachdem der Wehrpass, der Bölls Sohn Raimund gestohlen wurde, in einer konspirativen Wohnung auftauchte, wurde er zu einem Opfer der Boulevardpresse. Seine vorübergehende Festnahme und die Haussuchung bei ihm wurden von der Springer-Presse aufgebauscht. Als es drei Tage später in Köln noch zu einem Sprengstoffanschlag kam, stellte BILD durch dunkle Andeutungen eine Beziehung Raimund Bölls zur Terrorszene her, weil seine Wohnung nur 800 Meter Luftlinie vom Tatort entfernt sei.

Kritik am Vorgehen der staatlichen Behörden

Kumpanei zwischen Presse und Behörden

Böll stört sich an der Kumpanei zwischen der Presse und den Ermittlungsbehörden, die auch im Fall seines Sohnes deutlich geworden ist. Seiner Meinung nach lässt der Staat der ZEITUNG einen zu großen Handlungsfreiraum, anstatt gegen den Missbrauch der Pressefreiheit vorzugehen.

Für Böll missachten auch die Ermittlungsbehörden die Privatsphäre des Bürgers. Sie wenden fragwürdige, unverhältnismäßige Abhörpraktiken an, um politische Gegner zu überwachen und zu bespitzeln. Insgesamt wird die Polizeibehörde als verständnislose, inhumane Institution dargestellt.

Die eigentliche Polizeiarbeit erscheint zwiespältig. So ist die Verfolgung und Verhaftung des tatverdächtigen Götten richtig. Falsch dagegen erscheinen die verfrühten Schuldzuweisungen, die ihn als Räuber, Banditen und Mörder bezeichnen. Auch die Festnahme Katharinas wegen Fluchthilfe, Strafvereitlung und möglicher Mitwisserschaft ist richtig. Die Polizei hat außerdem eine Informationspflicht gegenüber der Presse. Falsch aber ist die Missachtung des Persönlichkeitsschutzes.

Kritik an der Institution Kirche

Die Kirche wird kritisiert, weil sie nicht hilft. Ihr ist der ideologische Gegner wichtiger als die Nächstenliebe. Dabei kann der Priester überhaupt nicht begründen, warum er Katharinas Vater als Kommunisten einschätzt. Bezeichnenderweise ist der Priester der Einzige, der behauptet, von der ZEITUNG richtig zitiert worden zu sein.

Katharina, die ursprünglich ein frommes Mädchen gewesen ist, geht auf Distanz zur Kirche, seit sie vom Pfarrer schlecht behandelt wird, weil ihre Mutter mit dem Küster in der Sakristei eine Flasche Messwein getrunken hat.

Erzähltechnik

Analytische Erzähltechnik

Böll bedient sich einer analytischen Technik. Es geht ihm nicht um Spannung. Er gibt die wesentlichen Tatsachen vor und behauptet, objektiv und in enger Anlehnung an die Realität schreiben zu wollen. Quellenangaben sollen diesen Anspruch untermauern. Dann werden die Ereignisse und Hintergründe immer weiter erhellt. Die Tatsachen werden vorweggenommen, weil es nicht um die Tatsachen an sich geht, sondern um die Entstehung dieser Tatsachen. Es soll aufgezeigt werden, wie eine unbescholtene Person so weit kommen kann, eine derartige Tat zu begehen. Die Motive sollen also durch eine Rekonstruktion des Geschehens deutlich werden. Dabei gerät die Hauptfigur, die Täterin, immer mehr in eine Opferrolle, weil sie von einem skrupellosen Journalismus zu der Mordtat getrieben wurde. Böll schreibt so, dass der Leser zunehmend Sympathie für Katharina empfindet und für sie Partei ergreift.

Die verschachtelten Satzgefüge in den beiden Anfangskapiteln verweisen auf das schwierige Bemühen des Erzählers, die Hintergründe aufzudecken, die von der ZEITUNG bewusst verschleiert worden sind. Auch die exakten Zeitangaben und die Beschränkung auf die Fakten im dritten Kapitel lassen den fast penibel wirkenden Erzähler glaubwürdig erscheinen und stellen ihn in einen Gegensatz zur Arbeitsweise der ZEITUNG.

Auktoriale Erzählhaltung

Böll bevorzugt die auktoriale Erzählhaltung, und zwar vor allem den Erzählerbericht, der sich auf Quellen wie die Polizeiprotokolle und die ergänzenden Aussagen von Rechtsanwalt Blorna und Staatsanwalt Hach stützt. Durch das Zitieren von Protokollen, Zeugenaussagen usw. wird der Eindruck einer sachlich-objektiven Berichterstattung erweckt. Der auktoriale Erzähler und die sachliche, unbeteiligt wirkende Tonart lassen also eine wertungsfreie Analyse erwarten. Das stimmt aber nur vordergründig, in Wirklichkeit wird auf sehr subjektive

und wertende Weise erzählt. Die Erzählerfigur, die als Person ungreifbar bleibt, mischt sich ständig in den Handlungsablauf ein, kommentiert, reflektiert, ergänzt, berichtigt, wertet, bringt Vor- und Rückgriffe und erklärt das Geschehen. Gerade die auktoriale Erzählhaltung gibt ihm Gelegenheit, Partei zu ergreifen.
Der Autor verbindet also den Dokumentarstil mit der Montagetechnik, typisch für ihn ist der Wechsel von subjektiven und objektiven Formulierungen. Viele Passagen stehen im objektivierenden Er-Bericht mit Orts-, Zeit-, Personen-, Handlungs- oder Vorgangsangaben, doch ebenso findet sich der wertende Erzählerkommentar.

Subjektive Wertungen der Erzählerfigur

Diese subjektiven Wertungen der Erzählerfigur werden manchmal in den Raum gestellt, ohne unmittelbar aus dem Erzählzusammenhang begründet zu werden: »Man mag es gleichgültig finden, ob Katharina mit ihrem Auto oder mit der Straßenbahn zur Party fuhr, es muß hier erwähnt werden, weil es im Laufe der Ermittlungen von erheblicher Bedeutung war« (16). Wenn der Erzähler Kommissar Beizmenne »einen entscheidenden psychologischen Fehler« (32) vorwirft, erklärt sich dies nicht aus der unmittelbaren Situation, sondern aus dem Gesamtbild von Katharinas Persönlichkeit.

Der Leser erfährt später von nächtlichen Autofahrten Katharinas. Der im melancholischen Ton gehaltene Bericht spricht die Problematik der heutigen Massengesellschaft an, in der der Einzelne vergeblich Geborgenheit sucht. Der Leser erhält Einblick in das Seelenleben der Blum, dies soll Verständnis und Mitleid für sie erwecken.

Typisch für die Erzählung ist auch die Kontrastierung im

sprachlichen Bereich: Dem sachlich-protokollarischen Stil steht die rohe, gewalttätige Sprache der ZEITUNG und Ermittlungsbehörden gegenüber. Die Zeitungsartikel im Text treiben die Handlung voran, beeinflussen die Verhaltensweisen der Erzählfiguren und wirken sich auf die Erzählhaltung des Erzählers aus.

Kontrastierung im sprachlichen Bereich

Für Klaus Jeziorkowski ist Böll »in seinem Rang als Artist der literarischen Form bis heute weitgehend unentdeckt, aufs sträflichste unterschätzt«. Er bedauert, dass seine »Kunst der literarischen Form, des architektonischen Raffinements, seine ästhetische Virtuosität [...] im Schatten der temporären Aktualität seiner Themen« steht. Er ist sich sicher: »Wenn Böll nach Jahrzehnten noch gelesen werden wird, dann allein wegen des Rangs der ästhetischen Form.«[2]

7. Autor und Zeit

Kurzbiographie

1917 Heinrich Böll wird als achtes Kind des Tischlermeisters Viktor Böll und seiner zweiten Frau Maria geboren.

1924 Heinrich wird eingeschult und besucht die katholische Volksschule in Köln-Raderthal.

1928 Er wechselt an das humanistische »Kaiser-Wilhelm-Gymnasium« in Köln.

1932 Böll ist für wenige Monate Mitglied in einem katholischen Jugendclub, den er verlässt, als militärische Übungen wie Gleichschritt ins Programm Eingang finden.

1937 Nach dem Abitur, das er mit ausreichendem Gesamterfolg besteht, beginnt er eine Buchhändlerlehre bei der Firma Lempertz in Bonn.

1938 Er bricht seine Lehre ab, weil er zu wenig Geld verdient, hilft erst einmal in der väterlichen Werkstatt aus und wird bald zum Reichsarbeitsdienst einberufen, den er in Wolfhagen bei Kassel ableistet.

1939 Böll schreibt sich an der Universität Köln-Bonn für die Fächer Germanistik und Alte Philologie ein. Im Spätsommer wird er zum Kriegsdienst einberufen und in den folgenden Jahren in Polen, Frankreich, Russland, Rumänien, Ungarn und Deutschland eingesetzt. Er bringt es nur bis zum Obergefreiten, wird mehrfach verwundet und erkrankt an Typhus.

1942 Während des Krieges heiratet er seine Jugendfreundin Annemarie Cech.

1944 Seine Mutter stirbt bei einem Bombenangriff.
1945 Böll gerät in amerikanische und englische Kriegsgefangenschaft. Er wird im September entlassen und kehrt nach Köln zurück. Sein erster Sohn Christoph stirbt bald nach der Geburt.
1946 Böll schreibt sich wieder an der Universität ein, um Lebensmittelkarten zugeteilt zu bekommen. Er verdient seinen Lebensunterhalt als Hilfsarbeiter.
1947 Sohn Raimund wird geboren.
1948 Sohn René wird geboren.
1950 Sohn Vincent wird geboren. Böll arbeitet als »Aushilfsangestellter beim Statistischen Amt« der Stadt Köln.
1951 Böll wird zu einer Tagung der »Gruppe 47« eingeladen und für eine seiner Kurzgeschichten ausgezeichnet. Das Preisgeld beträgt 1000 Mark. Seit seiner Entlassung im Sommer des Jahres arbeitet er als freier Schriftsteller.
1952 Böll erhält den »René-Schickele-Preis« und wechselt zum Verlag Kiepenheuer & Witsch.
1953 In diesem Jahr wird Böll mit weiteren Preisen geehrt: dem Kritikerpreis für Literatur, dem Erzählerpreis der *Süddeutschen Zeitung* und einer Auszeichnung des Kulturkreises im »Bundesverband der Deutschen Industrie«.
1954 Böll hält sich zum ersten Mal für längere Zeit in Irland auf.
1955 Die Familie Böll zieht nach Köln-Müngersdorf um. Der Autor erhält den Preis der französischen Verleger für den besten ausländischen Roman.
1957 Die Verleihung des »Eduard-von-Heydt-Preises« der Stadt Wuppertal ist Anlass für Bölls erste Wuppertaler

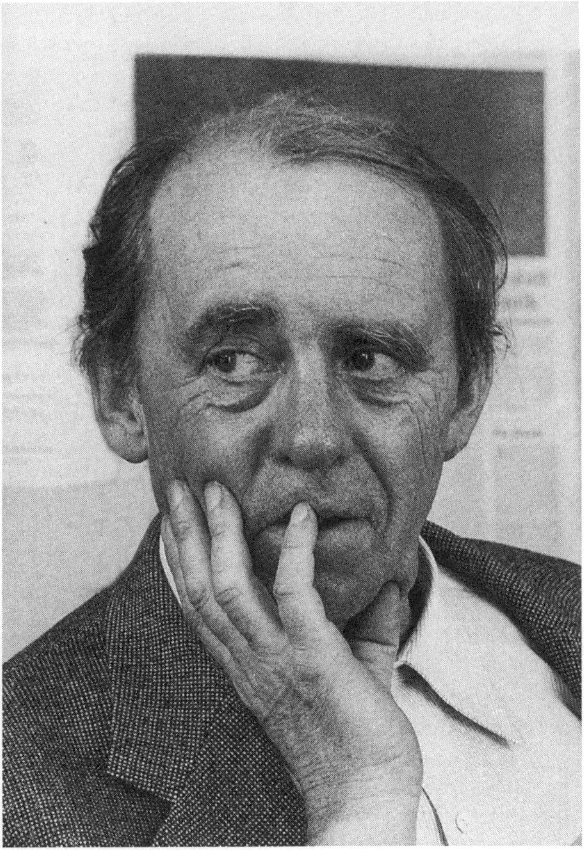

Heinrich Böll 1976
Foto: Isolde Ohlbaum, München

Rede über »Die Sprache als Hort der Freiheit«. Außerdem erhält Böll noch den Preis der Bayerischen Akademie der Künste.

1959 Der Autor bekommt den Großes Kunstpreis des Landes Nordrhein-Westfalen verliehen.

1960 Für *Billard um halbzehn* erhält Böll den »Charles-Veillon-Preis«. In seiner zweiten Wuppertaler Rede befasst sich der Autor mit der Frage »Wie Kunst entsteht«.

1961 Böll wird mit dem Literaturpreis seiner Heimatstadt Köln ausgezeichnet. Außerdem wird er Stipendiat der Villa Massimo in Rom.

1962 Zum ersten Mal reist Böll in die Sowjetunion.

1963 Böll hält sich längere Zeit in Irland auf.

1964 Im Sommersemester übernimmt der Autor eine Gastdozentur für Poetik an der Frankfurter Johann-Wolfgang-Goethe-Universität.

1965 Böll erhält den Literaturpreis »Premio d'isola d'Elba«.

1966 In diesem Jahr reist der Autor nach Irland, Frankreich, Holland, Belgien und in die Sowjetunion sowie in die DDR. Er erhält den Literaturpreis »Premio Calabria«. Seine dritte Wuppertaler Rede steht unter dem Titel »Die Freiheit der Kunst«.

1967 Böll erhält den »Preis des internationalen Wettbewerbs für humoristische Kurzgeschichten« und den Georg-Büchner-Preis der Deutschen Akademie für Sprache und Dichtung, die höchste deutsche Literaturauszeichnung.

1968 In verschiedenen Reden spricht sich Böll gegen die Notstandsgesetze aus. Während des Einmarsches der Truppen des Warschauer Pakts hält er sich in Prag auf.

1969 Bei der Gründungsversammlung des Verbandes deutscher Schriftsteller spricht Böll zum Thema »Ende der Bescheidenheit«. Umzug ins Kölner Agnes-Viertel.

1970 Der Autor wird zum Präsidenten des deutschen PEN-Zentrums gewählt und nimmt diese Funktion bis 1972 wahr.

1971 Böll wird zum Präsidenten des internationalen PEN-Zentrums gewählt und hat dieses Amt bis 1974 inne. Zu einer Vortragsreise hält er sich auch in den USA auf.

1972 Nach der Kontroverse um seinen *Spiegel*-Artikel über Ulrike Meinhof engagiert Böll sich in der sozialdemokratischen Wählerinitiative für die Bundestagswahl. Böll erhält den Nobelpreis für Literatur, die höchste Auszeichnung für einen Autor.

1973 Böll wird mit den Ehrendoktorwürden verschiedener Universitäten ausgezeichnet.

1974 Er erhält die Carl-von-Ossietzky-Medaille der Internationalen Liga für Menschenrechte und wird Ehrenmitglied der »American Academy of Arts and Letters«.

1976 Böll und seine Frau treten aus der katholischen Kirche aus.

1979 Der Autor lehnt das Bundesverdienstkreuz ab. Sein Privatarchiv geht als Dauerleihgabe an die Kölner Stadtbibliothek. Er reist nach Ecuador, wo er erkrankt. Nach seiner Heimkehr muss er mehrmals zu Operationen ins Krankenhaus.

1981 Böll engagiert sich in der Friedensbewegung und spricht auf der großen Bonner Demonstration gegen den Nachrüstungsbeschluss der NATO.

1982 Böll zieht nach Bornheim-Merten um. Sein Sohn Raimund stirbt.

1983 Der Autor wird vom Ministerpräsidenten des Landes Nordrhein-Westfalen zum Professor ernannt und erhält die Ehrenbürgerwürde seiner Heimatstadt Köln. Böll setzt sein Engagement für die Friedensbewegung fort, indem er an der Blockade des US-Militärdepots Mutlangen teilnimmt und auf der zentralen Friedensdemonstration in Bonn spricht.

1984 Die Stadt Köln erwirbt das umfangreiche literarische Archiv des Autors mit allen Manuskripten.

1985 Nach längerer Krankheit unterzieht sich Böll erneut einer Operation. Er wird aus der Klinik entlassen und stirbt dann plötzlich. Heinrich Böll wird in Bornheim-Merten beigesetzt. In Nordrhein-Westfalen wird Landestrauer angeordnet.

Werktabelle

1949 *Der Zug war pünktlich* (Erzählung).
1950 *Wanderer, kommst du nach Spa…* (Kurzgeschichten).
1951 *Wo warst du, Adam?* (Roman).
1952 *Nicht nur zur Weihnachtszeit* (Satiren).
1953 *Und sagte kein einziges Wort* (Roman).
1954 *Haus ohne Hüter* (Roman).
1955 *Das Brot der frühen Jahre* (Erzählung).
So ward Abend und Morgen (Kurzgeschichten).
Unberechenbare Gäste (Satiren).
Zum Tee bei Dr. Borsig (Hörspiele).
1957 *Im Tal der donnernden Hufe* (Erzählung).
Irisches Tagebuch.
1958 *Doktor Murkes gesammeltes Schweigen und andere Satiren.*

1959 *Billard um halb zehn* (Roman).
1962 *Als der Krieg ausbrach. Als der Krieg zu Ende war* (Erzählungen).
1963 *Ansichten eines Clowns* (Roman).
1964 *Entfernung von der Truppe* (Erzählung).
1966 *Ende einer Dienstfahrt* (Erzählung).
Frankfurter Vorlesungen.
1969 *Hausfriedensbruch* (Hörspiel).
1971 *Gruppenbild mit Dame* (Roman).
1974 *Die verlorene Ehre der Katharina Blum* (Erzählung).
1975 *Berichte zur Gesinnungslage der Nation.*
1979 *Fürsorgliche Belagerung* (Roman).
Du fährst zu oft nach Heidelberg und andere Erzählungen.
1981 *Was soll aus dem Jungen bloß werden* (Autobiographie).
1982 *Das Vermächtnis* (Erzählung).
Vermintes Gelände (Essayistische Schriften).
1984 *Bild – Bonn – Boenisch, Ein- und Zusprüche. Schriften, Reden und Prosa 1981–1984.*
1985 *Frauen vor Flußlandschaft* (Roman).
1986 *Die Fähigkeit zu trauern. Schriften und Reden 1984 bis 1985.*
Wir kommen von weit her (Gedichte).
1992 *Der Engel schwieg* (Roman).
1995 *Der blasse Hund* (Erzählungen).

8. Rezeption

Wie sehr die Erzählung *Die verlorene Ehre der Katharina Blum* polarisierte, wurde gleich nach der Veröffentlichung deutlich. Die *Welt* nahm keine Anzeige an, in der auf den Vorabdruck der Erzählung im *Spiegel* hingewiesen wurde, die *Welt am Sonntag* stellte die Veröffentlichung ihrer Bestsellerliste ein, weil die *Katharina Blum* auf den vorderen Plätze rangierte. »Auch mächtige Imperien sind nicht immer so souverän, wie sie tun«, schrieb Heinrich Böll dazu in seinem Nachwort »Zehn Jahre später«.

Harte Ablehnung durch die Springer-Presse

Natürlich wurde Bölls Erzählung von der Springer-Presse negativ rezensiert. Günter Zehm[3] unterstellte Böll erneut Sympathisantentum: »Denn die Sache, für die sich Böll hier mit Verve und Ingrimm engagiert, ist die Sache der Baader/Meinhof-Terroristen, die vor zwei Jahren schießend und bombenlegend durch unser Land zogen, oder besser: die Sache jener, die den Terroristen Unterschlupf gewährten und dafür herbe Kritik von einem Teil der Öffentlichkeit und einem Teil der Presse hinnehmen mußten.« Auch hinter dem Erscheinungsdatum vermutete er Absicht: »Sollte das Büchlein etwa unbedingt noch vor dem Beginn des Hauptverfahrens gegen die Baader/Meinhof-Leute auf dem Markt sein, um den Prozeß beeinflussen zu können?« Laut Hans Habe[4] zeige das als schlecht eingestufte Buch »seine Unfähigkeit zu lieben, seinen Hang zum intellektuellen Pharisäertum, die Schwäche seiner Logik und die Maßlosigkeit seines Urteils«. Böll liebe seine Fehler, denn er sei nicht bereit zuzugeben, dass die BILD-Zeitung die Baader-Meinhof-Bande richtiger eingeschätzt habe, während er ihre Verbrechen in ein »Passionsspiel« umfunktioniert habe. Den aggressivsten Verriss veröffentlichte wohl Peter Hornung[5]: »Literarisch wäre zum neuesten Werk anzumerken, daß diesmal die letzten erzählerischen Lichter erloschen sind. [...] Offenbar in einer tiefen schöpferischen Krise beging er Amok am eigenen Werk. [...] Böll schrieb mit seiner *KATHARINA BLUM* und ihrer verlorenen Ehre eine kaum verhüllte Huldigung an die Baader-Meinhof-Bande. [...] Es war der makabre Aufschrei eines Uneinsichtigen.«

Ablehnung durch die konservative Presse

Auch die konservative Presse, die nicht zum Springer-Verlag gehörte, äußerte sich negativ. Günter Scholz[6] nannte die Erzählung »ein im Zorn geschludertes, mit Ungeduld zusammengestückeltes Nebenwerk«. »Sein präziser Blick wirkt polemisch eingetrübt, die Detailbeobachtung zeigt Unschärfen, die Handlungsführung ist mühselig konstruiert, die Erzählhaltung verkrampft, seine Sprache bürokratisch verquält.« Noch schärfer urteilte Heinz Beckmann[7], der meinte, dass so ein Werk eines Nobelpreisträgers unwürdig sei. »Was Heinrich Böll nicht übersehen durfte als der moralisch so engagierte Schriftsteller, das ist die wahrhaftig unübersehbare Spur ganz ähnlicher Verdächtigungen, Verallgemeinerungen und Ehrabschneidungen in seinem eigenen Werk.«

Zweifel an der literarischen Qualität von Bölls Erzählung

Eine zweite Gruppe von Rezensenten hatte zwar Verständnis für Bölls Anliegen, war aber mit der Qualität der *Katharina Blum* unzufrieden. Helmut M. Braem[8] kritisierte Bölls Sprache. Seiner Meinung nach wirke »seine neue Erzählung plump, wie mit der Faust geschrieben«. In eine ähnliche Richtung ging die Kritik des Soziologen Helmut Schelsky[9]: »Die unechte Berichterstattersprache täuscht eine objektivierende Distanz vor, die ich als Sprachbetrug empfinde«. Außerdem kritisierte er, dass die Figuren mit einer »Primitivsymbolik« in negative und positive Schubladen gesteckt würden. Für ihn sind auch die Verhaltensweisen Katharinas, die als lebenspraktische Person schließlich zur Mörderin wird, nicht überzeugend motiviert: »Nein, das zu glauben weigert sich meine Menschenkenntnis ganz entschieden; eher glaube ich, daß hier die Faulheit und der Überdruß Bölls, sich argumentativ mit dem Springer-Journalismus auseinanderzusetzen, den Tagtraum ersonnen hat, ihn einfach mit Gewalt zu beseitigen.« Auch Wolfgang Richter [10] zweifelte an der Qualität von Bölls Erzählung: »Wo, in drei Teufels Namen, hat er seinen kritischen Verstand gelassen, als er diese halbfaule Frucht des Zornes zur hunderttausendfachen Vervielfältigung freigab?« Ähnlich sahen es Werner Wien[11] (»Der verunglückteste Böll, den es je gab«) und der renommierte Kritiker Joachim Kaiser[12]: »Noch nie hat Böll so hemdsärmelig, ja so schlampig geschrieben wie im ersten Teil dieser Erzählung.« Rolf Michaelis[13] gehörte ebenfalls zu denen, die Bölls *Katharina Blum* zwiespältig sahen. Dieses »Nebenwerk« kam ihm zu konstruiert vor, aber: »Der politische Aspekt des Werks, Erziehung zur Empörung gegen offensichtliches Unrecht, Aufklärung lügenhafter Praktiken, in Form von Protokollen und psychologisch-soziologischen Porträts derer, die Böll zu Recht ›Rufmörder‹ nennt – hier spricht sich der moralische Zorn des Autors unmittelbar aus, hier überzeugt er (mich).« Marcel Reich-Ranicki[14] lobte die psychologische Gestaltung der Hauptfigur. »Immer wieder wehrt sie die Angebote der

Lob für die Gestaltung der Hauptfigur

Männer ab, und doch sehnt sie sich nach einem Mann. Denn wie sie der Zudringlichkeit überdrüssig ist, so ist sie der Zärtlichkeit bedürftig. [...] Erst die nicht ganz alltägliche psychische Disposition der überaus empfindlichen und labilen, als spröde geltenden, bisher deutlich frustrierten jungen Frau macht ihre Euphorie nach der Nacht mit jenem Deserteur ganz begreiflich.« Außerdem bescheinigte er der Erzählung, sie treffe »die deutsche Gegenwart mitten ins Herz«. Allerdings räumt er auch »Schönheitsfehler« ein: »Jeder Oberlehrer wird ihm eine Vielzahl stilistischer Nachlässigkeiten ankreiden können.« Ihn störten auch die »Albernheiten und Witzeleien, auf die Böll wohl nie verzichten wird«.

All dies, was von der feindlichen Kritik vehement und von der freundlichen Kritik verhalten oder indirekt bemängelt wurde, sah Gerhard Melzer[15] gerade als Qualitätsmerkmal an: »Was Böll von der Literaturkritik vorgehalten wird: eine an Trivialroman-Schemata orientierte Handlungsführung; eine naiv-strahlende Titelheldin, deren Moralismus unerträglich sei; eine umständlich-verquere, Objektivität vorspiegelnde Sprache, all das macht die eigentliche Qualität seiner neuen Erzählung aus. In ihr ist verwirklicht, was Karl Kraus als ›höchste Stilleistung‹ der Satire bezeichnete. [...] Er zitiert und montiert Satztrümmer aus Groschenromanen, Frauenzeitschriften und Boulevardblättern, verwertet ideologische Befangenheiten, ›Ideale‹ vom ›guten Menschen‹ und vom ›feinen Leben‹, vom Journalisten und vom Kriminalkommissar, und fügt diesen ganzen Trivialbrei zu einer Apotheose von Klischeevorstellungen und Surrogatwirklichkeiten zusammen.« Dinah Nelken[16] dankte Böll dafür, dass er sich zum Sprecher der BILD-Kritiker gemacht habe und dass er »Namen, Ansehen, Arbeit einsetzte für die Wahrung moralischer Sauberkeit und politischen Anstands, vielleicht sogar für die Menschlichkeit«. Dieter Lattmann[17] von der SPD-Zeitung *Vorwärts* lobte sowohl die inhaltlichen als auch die literarischen Qualitäten des Werks: »Schärfer als Böll in diesem Buch ist kein Erzähler in der Bundesrepublik mit dem militanten Verleumdungsjournalismus ins Gericht gegangen. Es ist eine so unmittelbar politische Geschichte, daß es abwegig wäre, sie in erster Linie literarisch zu beurteilen. Dennoch: Als literarischer Text ist dies ein kleines Werk von scheinbar größter Einfachheit – [...] Es ist eine Sprache mit dem Mut zur Direktheit, die dennoch eine genaue und unüberhörbare Aufrichtigkeit in den Differenzierungen einbezieht. [...] Mit literarischen Mitteln ist es ihm gelungen, einem Wirtschaftsimperium zu Leibe zu rücken, das sich als Meinungskartell für unangreifbar hält.« Auch Walter Jens ergriff in einer Buchrezension[18] für Böll Partei: »Es ist beeindruckend, mit welcher schriftstellerischen Akkuratesse (und, dabei, mit wieviel politischer Humanität) Böll die Prozessualität dieses Falles entwickelt und derart veranschaulicht, daß es eine ideologische Gewalt gibt – symbolisiert durch die ZEITUNG –, die so satanisch ist, daß nicht einmal das Lamm ihr gegenüber seine Unschuld zu behaupten vermag.«

Zustimmung von den BILD-*Kritikern*

Eine dritte Gruppe stellen die links orientierten Rezensenten dar. Klaus Rainer Röhl[19] beispielsweise vermutete, dass die *Katharina Blum* den Anliegen der Studentenbewegung großen Auftrieb geben werde: »Dieses Buch wird stärkere Wirkungen haben als die ganze Kampagne ›Enteignet Springer!‹« Er glaubte, das Buch sei ein »überzeugender Punktsieg der Menschenfreundlichkeit über die Barbarei«, und vermutete etwas naiv, dass die Leser nach der Lektüre nicht mehr CDU wählen, sondern sich für Mieter- und Stadtteilinitiativen engagieren würden. Peter Schütt ging noch weiter. In der DKP-Wochenzeitung *Unsere Zeit*[20] lobte er Böll, weil er »mit einer Radikalität, die in der Gegenwartsliteratur unseres Landes beispiellos ist [...], mit der imperialistischen Meinungsmanipulation ins Gericht« gehe. »Und er macht in seinem bitteren Zorn klar, daß ein wichtiges Mittel der Rufmordpraktiken der Antikommunismus ist.« Da Böll auf die Ursachen und Hintergründe dieses Antikommunismus nicht eingehe, empfahl der Rezensent als Zusatzlektüre das »Kommunistische Manifest«.

Beifall von der extremen Linken

Als Böll im Dezember 1974 die Carl-von-Ossietzky-Medaille verliehen wurde, boykottierte die CDU den Festakt mit der Begründung, dass Böll zu denen gehöre, »die in unserem Lande die Saat der Gewalt gepflegt und kultiviert haben«[21].

Unter allen Kritikern Bölls blamierte sich im Dezember 1974 der damalige Fraktionschef der CDU/CSU und spätere Bundespräsident Karl Carstens am meisten, als er Heinrich Böll vorwarf, »unter dem Pseudonym Katharina Blum ein Buch geschrieben« zu haben, das »eine Rechtfertigung von Gewalt darstellt«. Er hatte sich ganz offensichtlich in die öffentliche Debatte eingemischt, ohne das Buch gelesen oder sich zumindest gründlich informiert zu haben.

Negative Wertung, ohne das Buch zu kennen

Den schärfsten und bösartigsten Angriff von allen, die sich nach dem Erscheinungsjahr zu Wort gemeldet haben, fuhr 1978 Enno von Loewenstern. Er warf Heinrich Böll vor, mehr als jeder andere die Baader-Meinhof-Bande hoffähig gemacht und ermutigt zu haben. »Sein Buch schildert in der empfehlendsten Weise, wie ein BILD-Reporter ermordet wird. [...] Gudrun Ensslin, Katharina Blum-Meinhof und Götten-Baader sind tot. Heinrich Böll kassiert seine Tantiemen.«[22]

Am wenigsten von den Aufgeregtheiten der Zeit schien dagegen Jürgen P. Wallmann[23] beeinflusst gewesen zu sein, der sich positiv und eher nüchtern äußerte: »Die Erzählung ist vielmehr der Versuch des Schriftstellers, Einsichten, die er gewonnen hat und die sein Bild vom Menschen und von der Gesellschaft vervollständigen und differenzieren, künstlerisch zu gestalten.« – »Ganz gewiß ist seine Erzählung von Emotion geprägt, von Mitmenschlichkeit und Sympathie für Verfolgte und für Opfer. Aber dieses Gefühl hat die Erzählung nicht überwältigt, ist in sie integriert, strukturiert bis in die Sprache und den Tonfall hinein, der nicht von Aggressivität, eher von Freundlichkeit ist.«

Reaktionen auf die Verfilmung

Die Reaktion auf den Film, an dessen Drehbuch Heinrich Böll mitgearbeitet hat, war ähnlich kontrovers wie bei der Buchveröffentlichung. »Wohl kein anderer Film der deutschen Nachkriegszeit hat derartige Auseinandersetzungen ausgelöst.«[24] Heino Eggers[25] war von dem Film ganz begeistert: »Schlöndorff hat die verschlungenen Fäden der Erzählung geglättet und zeigt direkt und gradlinig, wie Gewalt entstehen und wohin sie führen kann. [...] Hier haben wir endlich das große Thema und die ihm adäquate filmische Verwirklichung, die aufwühlt, erschüttert, am Ende gar erschlägt.«

Nach der ersten Fernsehausstrahlung wurden von den großen Programmzeitschriften einige negative Leserbriefe abgedruckt: »Das war wohl das mieseste und bösartigste Machwerk, das jemals vom WDR ausgestrahlt wurde. Die offenkundige Parteinahme der Verfasser für die armen verfolgten Idealisten, die ja ihre Banküberfälle und leider notwendigen Tötungen von Menschen aus edelster Gesinnung heraus betreiben, zeigt, wo die geistige Heimat der Verfasser Böll, Schlöndorff und Trotta liegt. Die Verunglimpfung unserer freien Presse durch maßlose und böswillige Übertreibungen und die Verhöhnung unserer freiheitlichen demokratischen Verfassung in einer Grabrede sollten den zuständigen Ermittlungsbehörden Anlaß geben, einmal zu untersuchen, inwieweit hier Strafnormen zum Schutze unserer Demokratie verletzt werden.«[26]

Kontroverse Reaktionen auf die Verfilmung

»Ärgerlich und bedenklich, wie aus einem wichtigen Thema ein allzu billig-tendenziöser Film gemacht wurde. Jeder übliche Krimi bemüht sich um mehr Glaubwürdigkeit. Zum Glück geht es in der BRD doch nicht ganz so zu, wie es Schlöndorff & Co. in ihrer plumpen Costa-Gavras-Imitation darzustellen versuchen.«[27]

Weitere zehn Jahre später urteilten auch konservative Medien ganz anders: »Schlöndorff hat die Böllsche Vorlage zu einer realistischen Kinogeschichte mit starker emotionaler Wirkung verarbeitet.« – »Aus heutiger Sicht gewinnt ein Aspekt des Films eine besonders aktuelle Bedeutung: die Tatsache, daß die Organe der Staatsgewalt mit überzogenen und rüden Methoden immer wieder in das Leben unschuldiger Personen einbrechen und ein Chaos hinterlassen, das viel größer ist als der angerichtete Sachschaden.«[28]

Reaktionen auf die Bühnenbearbeitungen

Geringe Erfolge der Bühnenfassungen

An der Aufführung der Bühnenfassung von Margarethe Trotta erkannte Georg Hensel[29] Vorzüge gegenüber dem Film, denn »ihre Einfachheit, ihr Mangel an Glanz werden streckenweise Bölls Geschichte sogar besser gerecht als der hochpolierte Aufwand des Kinos«. Gegenüber dem Buch sah er vor allem Defizite: »Seine Erzählung ist unendlich viel reicher als die Bühnenfassung. Was Kunst ist an Bölls Geschichte, das steckt in seiner Prosa: in ihrem grimmigen Spott und in ihrem Sarkasmus, der das moralische Pathos vor der Plattheit bewahrt.« Weitere Aufführungen fanden ebenfalls keine Gnade vor den Augen der Kritik. Rainer Hartmann[30] schrieb: »Auf der Bühne hat ›Katharina Blum‹ mehr mit einem ›Tatort‹ gemein als mit Literatur.« Laut Manuel Brug[31] ähnelte sie »eher einer der trübseligeren Folgen von ›Derrick‹«.

Die Bearbeitung von Günther Fleckenstein wurde bei der Uraufführung von Ulrich Fischer[32] vollkommen verrissen: »Was will Günther Fleckenstein? Nur Tantieme, ein wenig von der Sonne des Ruhms, die Böll umstrahlt, auf sein Künstlerhaupt lenken? Der Verdacht liegt so nahe, weil die Aussage seiner Bearbeitung so kümmerlich ist […] Fleckenstein hat die Figur des ›Stellvertreters‹ geschaffen, der den Autor vertritt, und der muß in Zwischenszenen mit Werner Tötges, der Katharina die Ehre nimmt und mit dem Tod büßt, über Journalismus und Pressefreiheit streiten.« Außerdem warf er ihm noch »Substanzlosigkeit der Argumente« und »Hilflosigkeit in der psychologischen Motivierung« vor.

An der Opernfassung von 1991 gefielen weder Musik noch Inhalt, wie folgende Überschriften beweisen: »Miserable Musik, gutgemeint«, »Katharina Blum als Opern-Opfer« oder »Rufmord mit großen und kleinen Terzen«. Das Libretto war laut *Spiegel*[33] »biß- und witzlos« gefertigt, der Komponist sei ein »kompositorischer Biedermann mit der Befähigung fürs höhere Lehramt der musikalischen Langeweile«[34].

Völlig misslungene Opernfassung

9. Checkliste

1. Wie kann man den Titel und den Untertitel der Erzählung interpretieren?
2. Welche Metapher(n) verwendet der Autor für seinen Bericht, als er von seinen Quellen spricht?
3. Nennen Sie das Jahr, die Jahreszeit und den Zeitraum, in denen sich das erzählte Geschehen abspielt.
4. Vor welchem zeitgeschichtlichen Hintergrund ist die Erzählung entstanden?
5. Auf den ersten Seiten heißt es einmal: »Ich brauche mal wieder meine Zäpfchen. Diesmal zwei!« Was ist damit gemeint?
6. Die Polizei kann nicht klären, wie Götten die Flucht aus Katharinas Wohnung gelang. Beschreiben Sie kurz seinen Fluchtweg.
7. Zeigen Sie an drei Beispielen, dass die ZEITUNG Tatsachen oder Zeugenaussagen entstellt oder verdreht wiedergibt.
8. Welche politischen Ziele und Tendenzen der ZEITUNG lassen sich feststellen?
9. Zeigen Sie an drei Beispielen, mit welchen Methoden sich die ZEITUNG Informationen beschafft.
10. Wie könnte man eine Beschwerde gegen die ZEITUNG beim »Deutschen Presserat« begründen?
11. Wie werden die Ermittlungsbehörden in der Erzählung dargestellt?
12. Warum bittet Katharina nach ihrer Vernehmung zum Fall Götten Else Woltersheim und Konrad Beiters, sie in ihre Wohnung zu begleiten? Beschreiben und erklären Sie Katharinas anschließendes Verhalten in der Wohnung.

13. Charakterisieren Sie die Hauptfigur. Kann man Katharina Blum als eine tragische Frauengestalt ansehen?
14. Wie kann man Katharinas Verhalten gegenüber Männern erklären?
15. Kann man Tötges als Verbrecher einstufen?
16. Wie wird die Kirche in der Erzählung dargestellt?
17. Welche persönlichen Auswirkungen hat der Fall Blum für Rechtsanwalt Blorna?
18. Wie lässt sich die Erzähltechnik Bölls beschreiben?
19. Welche Rolle spielt die Erzählerfigur?
20. Kann man Bölls Erzählung als Pamphlet oder als Racheakt ansehen, wie es viele Kritiker tun?
21. Welche Bedeutung haben die Namen in Bölls Erzählung?
22. Worin stimmt Bölls Erzählung mit üblichen Kriminalgeschichten überein, worin unterscheidet sie sich?
23. Wie reagierte die Springer-Presse auf Bölls *Katharina Blum*?
24. Was wurde in den Rezensionen an Inhalt und Sprache der Erzählung kritisiert, was wurde gelobt?
25. Welche Hoffnungen verband die linke Kritik mit Bölls Erzählung?
26. Wie kann man es erklären, dass das Werk von der literarischen Kritik ganz unterschiedlich bewertet wurde?
27. Was erscheint insgesamt an der Erzählung gelungen, was weniger gelungen? Welchen literarischen Wert kann man ihr beimessen?
28. Wie wurden die Film-, Bühnen- und Opernfassungen von der Kritik aufgenommen?

10. Lektüretipps/Medienempfehlungen

Textausgabe

Heinrich Böll: Die verlorene Ehre der Katharina Blum. München: Deutscher Taschenbuch Verlag, 1976, 1995. – *Nach dieser Ausgabe wird zitiert.*

Als CD-ROM

Heinrich Böll: Die verlorene Ehre der Katharina Blum. Stuttgart 1999. Reclam-Klassiker auf CD-ROM. – *Wer als Schüler oder Student für ein Referat oder eine Hausarbeit auf den Text zurückgreifen muss, findet auf dieser CD-ROM den gesamten Text und zusätzliche Materialien, die man in eigene Texte einbinden kann. Zusätzlich bietet die CD-ROM die Möglichkeit, sich den gesamten Text oder einzelne Teile über die Computerlautsprecher vorlesen zu lassen. Der besondere Reiz dieser CD besteht darin, dass Heinrich Böll seinen Text selber liest.*

Über den Autor

Böll, Viktor / Jochen Schubert: Heinrich Böll. München 2002. – *Das reich und farbig bebilderte Buch reichert Bölls Lebensgeschichte mit Zitaten aus Briefen und anderen Dokumenten an und bietet Sacherklärungen zu im Text erwähnten Personen und Geschehnissen an. Federführend war Bölls Neffe.*

Hoffmann, Gabriele: Heinrich Böll. Göttingen 1986. – *Diese Biographie erschien im Lamuv-Verlag von Bölls Sohn René, der auch für das Lektorat und die Bildauswahl zuständig war.*

Linder, Christian: Böll. Reinbek bei Hamburg 1978. – *Das reich bebilderte Buch stellt Leben und Werk Bölls vor und stützt sich dabei stark auf Selbstzeugnisse des Autors.*

Vormweg, Heinrich: Der andere Deutsche. Heinrich Böll. Köln 2000. – *Die umfangreichste der neueren Biographien.*

Zur vertiefenden Beschäftigung mit dem Werk

Balzer, Bernd: Heinrich Böll: *Die verlorene Ehre der Katharina Blum.* Grundlagen und Gedanken zum Verständnis erzählender Literatur. Frankfurt a. M. 1990.

Bellmann, Werner: Heinrich Böll: *Die verlorene Ehre der Katharina Blum.* In: Interpretationen: Erzählungen des 20. Jahrhunderts. Bd. 2. Stuttgart 1996. (Reclams UB. 9463.) – *Der komplette Text dieser Interpretation findet sich auch auf der bei Reclam erschienenen CD-ROM zu »Katharina Blum«.*

Bellmann, Werner / Christine Hummel, Erläuterungen und Dokumente: Heinrich Böll: *Die verlorene Ehre der Katharina Blum*. Stuttgart 1999. (Reclams UB. 16011.)

Böll, Heinrich: Freies Geleit für Ulrike Meinhof. Ein Artikel und seine Folgen. Gütersloh 1972. – *Das Buch dokumentiert die Debatte um Heinrich Bölls Artikel und veröffentlicht in chronologischer Reihenfolge alle Zeitungsartikel, Interviews, Karikaturen, weitere öffentliche Äußerungen sowie den Wortlaut von Rundfunk- und*

Fernsehbeiträgen. Es eignet sich sehr gut, wenn man sich genauer mit dem zeitgeschichtlichen Hintergrund und der Entstehung der »Katharina Blum« befassen will.

Böll, Heinrich: Neue politische und literarische Schriften. Köln 1975. – *Das Buch enthält im zweiten Teil Texte des Autors, die sein Denken in der Zeit der frühen 70er-Jahre deutlich werden lassen.*

Glatz, Lawrence F.: Heinrich Böll als Moralist. New York 1999. S. 86–100.

Jeziorkowski, Klaus: Die verlorene Ehre der Katharina Blum oder: Wie Gewalt entstehen und wohin sie führen kann. In: Interpretationen: Heinrich Böll. Romane und Erzählungen. Stuttgart 2000. (Reclams UB. 17514.) – *Diese Interpretation befasst sich vor allem mit der literarischen Form der Erzählung und sieht sie in der literarischen Tradition von Moritaten und Bänkelliedern.*

Ludwig, Gerd: Die verlorene Ehre der Katharina Blum. Königs Erläuterungen und Materialien. Hollfeld 1986.

Nordbruch, Claus H. R.: Heinrich Böll. Seine Staats- und Gesellschaftskritik im Prosawerk der sechziger und siebziger Jahre. Frankfurt a. M. 1994. S. 118–143.

Peterson, Anette: Die Rezeption von Bölls *Katharina Blum* in den Massenmedien der Bundesrepublik Deutschland. Kopenhagen/München 1980.

Römhild, Dorothee: Die Ehre der Frau ist unantastbar. Das Bild der Frau im Werk Heinrich Bölls. Pfaffenweiler 1991. S. 141–162.

Scheiffele, Eberhard: Kritische Sprachanalyse in Heinrich Bölls *Die verlorene Ehre der Katharina Blum*. In: Anna Maria dell'Agli: Zu Heinrich Böll. Stuttgart 1984. S. 86–100.

Schlöndorff, Volker / Margarethe von Trotta: Die verlorene Ehre der Katharina Blum. Transkript von Andrea Park.

Tübingen 1981. – *In diesem Buch kann man alles zu Handlung, Dialog, Geräuschen und Musik der insgesamt 368 Kameraeinstellungen der Verfilmung genau nachlesen.*
Sowinski, Bernd: Heinrich Böll: *Die verlorene Ehre der Katharina Blum.* Oldenbourg-Interpretationen. München 1994.

Zum Thema *BILD-Zeitung*

Böll, Heinrich: Bild – Bonn – Boenisch. Bornheim 1987. – *In diesem Buch unterwirft Böll eine Reihe von Leitartikeln des früheren Kolumnisten der »BILD am Sonntag« einer genauen und kritischen Analyse. Einer dieser Artikel befasst sich unter der Überschrift »Die männliche Katharina Blum« auch mit Heinrich Böll.*
Wallraff, Günter: Der Aufmacher. Der Mann, der bei BILD Hans Esser war. Köln 1977. – *Der Autor hat unter falschem Namen bei BILD gearbeitet. Das Buch erzählt nicht nur von seinen Erfahrungen als Redakteur, sondern dokumentiert auch die erschienenen Artikel und das, was wirklich geschah.*

Verfilmung

Die Verfilmung entstand 1975 unter der Regie von Volker Schlöndorff und Margarethe von Trotta und entwickelte sich auch international zu einem großen Erfolg. Außerdem wurde sie mit einer ganzen Reihe unterschiedlicher Filmpreise ausgezeichnet. In den Hauptrollen spielten Angelika Winkler (Katharina), Mario Adorf (Beizmenne), Dieter Laser (Tötges) und Jürgen Prochnow (Götten). Im Fernsehen wurde diese Kino-Fernseh-Koproduktion erstmals 1978 ausgestrahlt.

Im Film ist die Handlung streng chronologisch geordnet.

Amerikanische Fernsehfassung

Am 24. Januar 1988 wurde im amerikanischen Fernsehen unter dem Titel *The Lost Honor of Kathryn Beck* eine ins amerikanische Milieu übertragene Fassung ausgestrahlt. Dabei spielte der bekannte Country-Sänger Kris Kristofferson den flüchtigen Terroristen Ben Cole.

Bühnenbearbeitungen

1976 wurde in Köln eine Bühnenbearbeitung von Margarethe von Trotta uraufgeführt, die auch am Drehbuch für den Film mitgearbeitet hatte. 1990 folgte eine weitere Bearbeitung von Günther Fleckenstein.

1991 wurde von Tilo Medek eine Opernfassung auf die Bühne gebracht. Das Libretto, das von Medeks Frau Dorothea erarbeitet wurde, war von Böll schon 1979 autorisiert worden.

Anmerkungen

1 *Der Spiegel* 1972, Nr. 3, S. 54–57.
2 Jeziorkowski, S. 249, 252.
3 *Die Welt*, 16. 8. 1974.
4 *Welt am Sonntag*, Nr. 33, 18. 8. 1974.
5 *Deutsche Tagespost* und *Fränkisches Volksblatt*, 19./20. 11. 1974.
6 *Deutsche Zeitung / Christ und Welt*, 9. 8. 1974.
7 *Rheinischer Merkur*, 16. 8. 1974.
8 *Stuttgarter Zeitung*, 17. 8. 1974.
9 H. Schelsky, *Die Arbeit tun die anderen*, Opladen, [2]1975, S. 361 f.
10 *Aachener Volkszeitung*, 7. 9. 1974.
11 *Bremer Nachrichten / Weser-Zeitung*, 20. 9. 1974.
12 *Süddeutsche Zeitung*, 10/11. 8. 1974.
13 *Die Zeit*, 2. 8. 1974.
14 *Frankfurter Allgemeine Zeitung*, 24. 8. 1974.
15 *Präsent*, 17. 10. 1974.
16 *Berliner Extradienst*, 23. 8. 1974.
17 *Vorwärts*, 15. 8. 1974.
18 *Hessischer Rundfunk*, 23. 7. 1974.
19 *das da*, August 1974.
20 *Unsere Zeit*, 7. 9. 1974.
21 *Tagesspiegel*, 3. 12. 1974.
22 *Die Welt*, 29. 5. 1978.
23 *Mannheimer Morgen*, 30. 7. 1974.
24 *Rheinischer Merkur / Christ und Welt*, 1. 4. 1988.
25 *Blickpunkt*, November 1975.
26 *Hör zu*, Nr. 25, 1978.
27 *Gong*, Nr. 24, 1978.
28 *Rheinischer Merkur / Christ und Welt*, 1. 4. 1988.
29 *Frankfurter Allgemeine Zeitung*, 15. 5. 1976.
30 *Kölner Stadt-Anzeiger*, 14. 9. 1986.
31 *Süddeutsche Zeitung*, 20. 10. 1989.
32 *Frankfurter Rundschau*, 22. 2. 1990.
33 22. 4. 1991.
34 Ulrich Baumann, in: *Die Welt*, 22. 4. 1991.

Raum für Notizen

Lektüreschlüssel für Schüler

Andersch: *Sansibar oder der letzte Grund.* 96 S. UB 15311

Jurek Becker: *Jakob der Lügner.* 80 S. UB 15346

Böll: *Die verlorene Ehre der Katharina Blum.* 66 S. UB 15364

Brecht: *Der kaukasische Kreidekreis.* 96 S. UB 15351

Brecht: *Leben des Galilei.* 91 S. UB 15320

Brecht: *Mutter Courage.* 95 S. UB 15329

Büchner: *Dantons Tod.* 96 S. UB 15344

Büchner: *Leonce und Lena.* 96 S. UB 15319

Camus: *L'Étranger.* 93 S. UB 15357

Döblin: *Berlin Alexanderplatz.* 89 S. UB 15317

Droste-Hülshoff: *Die Judenbuche.* 53 S. UB 15305

Dürrenmatt: *Die Physiker.* 77 S. UB 15302

Eichendorff: *Aus dem Leben eines Taugenichts.* 88 S. UB 15306

Fontane: *Effi Briest.* 87 S. UB 15327

Fontane: *Unterm Birnbaum.* 82 S. UB 15307

Frisch: *Andorra.* 78 S. UB 15332

Frisch: *Biedermann und die Brandstifter.* 84 S. UB 15330

Frisch: *Homo faber.* 87 S. UB 15303

Goethe: *Faust I.* 69 S. UB 15301

Goethe: *Götz von Berlichingen.* 71 S. UB 15331

Goethe: *Iphigenie auf Tauris.* 72 S. UB 15350

Goethe: *Die Leiden des jungen Werther.* 75 S. UB 15312

Gotthelf: *Die schwarze Spinne.* 79 S. UB 15336

Grass: *Im Krebsgang.* 96 S. UB 15338

Grass: *Katz und Maus.* 79 S. UB 15304

Hauptmann: *Bahnwärter Thiel.* 70 S. UB 15314

Hebbel: *Maria Magdalena.* 83 S. UB 15361

Heine: *Deutschland. Ein Wintermärchen.* 79 S. UB 15325

Hesse: *Unterm Rad.* 96 S. UB 15340

E.T.A. Hoffmann: *Das Fräulein von Scuderi.* 74 S. UB 15321

E.T.A. Hoffmann: *Der goldne Topf.* 74 S. UB 15326

E.T.A. Hoffmann: *Der Sandmann.* 72 S. UB 15354

Huxley: *Brave New World. Schöne neue Welt.* 79 S. UB 15366

Kafka: *Die Verwandlung.* 94 S. UB 15342

Keller: *Kleider machen Leute.* 87 S. UB 15313

Keller: *Romeo und Julia auf dem Dorfe.* 87 S. UB 15324

Kleist: *Das Erdbeben in Chili.* 79 S. UB 15322

Kleist: *Michael Kohlhaas.* 79 S. UB 15334

Kleist: *Der zerbrochne Krug.* 85 S. UB 15333

Lessing: *Emilia Galotti.* 93 S. UB 15318

Lessing: *Minna von Barnhelm.* 60 S. UB 15323

Lessing: *Nathan der Weise.* 96 S. UB 15316

Thomas Mann: *Mario und der Zauberer.* 72 S. UB 15343

Thomas Mann: *Der Tod in Venedig.* 96 S. UB 15358

Thomas Mann: *Tonio Kröger.* 67 S. UB 15309

Musil: *Die Verwirrungen des Zöglings Törleß.* 96 S. UB 15345

Orwell: *1984.* 68 S. UB 15362

Rhue: *The Wave.* 62 S. UB 15355

Schiller: *Don Karlos.* 88 S. UB 15352

Schiller: *Kabale und Liebe.* 70 S. UB 15335

Schiller: *Maria Stuart.* 84 S. UB 15310

Schiller: *Die Räuber.* 90 S. UB 15328

Schiller: *Der Verbrecher aus verlorener Ehre.* 88 S. UB 15353

Schiller: *Wilhelm Tell.* 78 S. UB 15337

Schlink: *Der Vorleser.* 77 S. UB 15359

Shakespeare: *Romeo and Juliet.* 68 S. UB 15341

Sophokles: *Antigone.* 83 S. UB 15348

Sophokles: *König Ödipus.* 87 S. UB 15356

Storm: *Der Schimmelreiter.* 96 S. UB 15315

Süskind: *Das Parfum.* 93 S. UB 15370

Tieck: *Der blonde Eckbert.* 88 S. UB 15349

Wedekind: *Frühlings Erwachen.* 64 S. UB 15308

Zuckmayer: *Der Hauptmann von Köpenick.* 96 S. UB 15347